破滅する悪女でしたが、闇堕ち義弟の求婚ルートに入ってました

三崎ちさ

B's-LOG BUNKO
ビーズログ文庫

contents

アルメリア・スピアー
乙女ゲームの悪役令嬢に転生した。破滅エンドを回避するため義弟グラジオに教育を施した結果、なぜか求婚されるようになり!?
グラジオ・スピアー
スピアー公爵家の跡継ぎとして養子に迎えられたアルメリアの義弟。ゲームではアルメリアにいじめられ闇堕ちた結果、ラスボスとして覚醒する。
破滅する悪女でしたが、
闇堕ち義弟の求婚ルートに入ってました

CHARACTER

サイラス

攻略対象のひとりで、この国の王太子。
幼いアルメリアのわがままで婚約者となった。
アルメリアとグラジオの関係を見守っているようだが……？

ジニア

ゲームのヒロイン。
聖なる力を持つため王宮で保護されている。
アルメリアたちの関係を勘違いしている様子。

クーゲル

攻略対象のひとりで、宰相の息子。
サイラスと旧知の仲で、将来を有望視されている。
やや神経質なきらいがある。

イラスト／三浦ひらく

プロローグ

「ど、どうしてこんなことに……」

覆《おお》い被《かぶ》さる黒い影《かげ》に呆然《ぼうぜん》と呟《つぶや》く。

影の主は、ふっと口元に薄《うす》く笑《え》みを浮《う》かべて私を見下ろす。

「……なぜ？　俺をこうしたのは貴女《あなた》だろう」

長い指先が、私の髪《かみ》をとる。

（俺をこうした、なんて、そんなこと……）

義弟《ぎてい》に迫《せま》られ、私、アルメリアはとても狼狽《うろた》えていた。

「姉さん、俺たち、結婚《けっこん》しよう」

ルビーのような真っ赤な瞳《ひとみ》が私を見つめる。手首はすっかり押さえつけられ、彼は上体を倒《たお》し、ぐっと私に覆い被さってくる。

「そんなこと、できるわけないじゃない」

なんとか逃《に》げようと身じろいでも、男女の筋力差は覆《くつがえ》せず「ああ本当に大きくなったわね、この子」と妙《みょう》な感慨《かんがい》が浮かぶ。

「どうして？　姉さんが言っていたみたいに俺は振《ふ》る舞《ま》っているだろう？　姉さんの理想の男になったつもりだ。能力も身につけて、姉さんにふさわしい地位も手に入れた。それでもまだ、何が足りない？　……俺の頑張《がんば》りがまだ足りない？」

切なげな表情がますます眼前に迫ってくる。

きれいな金色の前髪《まえがみ》が顔にかかり、煌《きら》めく赤《あか》い瞳が隙間《すきま》からチラチラと見えるのが妖艶《ようえん》に映り、思わずドキドキとしてしまう。

「あ、あなたに問題があるわけじゃなくて……！」

どぎまぎとしすぎて舌がもつれそうになりながら、あたふたと喋《しゃべ》る。

義弟は生来卑屈《ひくつ》な性分《しょうぶん》で、ここで落ち込んでしまうと、あとが大変になる。

だが、しかし、どう誤魔化《ごまか》そう。あなたは素晴《すば》らしい男性に育った、私があなたの求《きゅう》婚《こん》に応じられない理由はあなたがどうとかではなく。

義理とはいえ弟とそういう関係になるのは倫理《りんり》的に無理とか、そういうのも色々あるけど、なにより。

――『私』に惚《ほ》れてたらあなたが闇堕《やみお》ちしちゃうかもしれないのよ！

だから、ダメなの！　絶対に!!

一章　卑屈義弟は励まして育てます！

私はアルメリア・スピアー。スピアー公爵《こうしゃく》家に生まれた一人娘《ひとりむすめ》。

つい先日、八歳の誕生日を迎《むか》えたばかりの私は、季節外れの風邪《かぜ》を引いて高熱を出し、寝込《ねこ》んでいた。

夏風邪はしつこいというけれども、高熱が三日三晩と続き、お医者様が青い顔で両親と深刻そうに話をしているのをベッドに寝たきりのままぼんやりと眺《なが》めていた、その日の夜。

私は夢を見た。

夢。いや、これは、前世の記憶《きおく》だ。夢というにはあまりにも鮮明《せんめい》すぎる。

不思議なほど、私は頭にとめどなく再生されていく思い出をすんなりと『前世の記憶』として受け入れていた。いままで欠けていたピースがハマっていく感覚がしたのだ。

ああ、そうか、と合点する。

（……私、ゲームの世界に転生してたんじゃない……）

そして、朝起きると、嘘《うそ》のように熱は引いていて、診察《しんさつ》してくれたお医者様は深く深く安堵《あんど》の息を漏《も》らしていた。両親は半泣きで快復を喜んでくれた。

「ごめんなさい、久しぶりに目を覚ましたものだから、ちょっと落ち着かなくて。しばらく一人にしてもらえないかしら」

そう言って心配する両親をなんとか引《ひ》き離《はな》し、ようやく一人きりになった自室で私は部屋の長鏡の前に立つ。

(まさか、とは思ったけれど……)

間違《まちが》いない。鏡に映ったこのロゼピンクの艶《あで》やかな髪《かみ》、猫《ねこ》みたいな青色のつり目。ある乙女《おとめ》ゲームの悪女、アルメリア・スピアーだ。彼女の幼少期のスチルと全く同じ容姿である。

「こんな最近はやりの小説みたいなことがあるなんて……」

古典的ながら、ほっぺをぎゅっとつまんでみたけれど、当然のように痛い。夢じゃない。私はアルメリア・スピアーに転生していた。

どうしてこんなことに、としばし頭を抱《かか》えたけれど、こうなってしまったからには、現状を受け入れるしかないだろう。

(なっちゃったものは仕方がないわ。こうなったら、今の私がすべきことは……)

病《や》み上《あ》がりの身体《からだ》はあちこちがだるく感じられた。ぐるぐると大きく肩《かた》を回して、深く深呼吸をして、よし、と気合を入れる。

まず、現状把握《はあく》だ。私は軽く身支度《みじたく》を整えて、自分の部屋を出た。

向かう先は、もう決めていた。慣れ親しんでいるような、初めて歩くような、どちらの感覚もあって不思議な気持ちで屋敷《やしき》の廊下《ろうか》をずんずんと歩いていく。

（八歳……。八歳ってことは、たしか、スピアー家が義弟《ぎてい》・グラジオを迎えた年のはず――！）

前世の記憶なんてものを思い出してしまったせいか、はたまた三日三晩の高熱のせいか、現世の記憶が少しあやふやになってしまっていた。四歳とか五歳くらいのことは思い出せるのだが、直近の記憶が怪《あや》しい。

まだグラジオが家にいないのであれば僥倖《ぎょうこう》。もしも、もうすでにこの家に迎え入《い》れられているのなら――。

（……どうしよっかな、そしたら）

ははは、とうっすら苦笑いを浮《う》かべつつ、私は目的の部屋の目の前に到達《とうたつ》していた。

ええいままよ、と思い切ってドアノブを回す。あ、念のためノックしておくのを忘れていたな、と思ったが、もう遅《おそ》かった。

開かれた扉《とびら》の向こう、まだ身体の大きさに合っていない椅子《いす》に座って机に向かっていた少年が、目を丸くして私を振《ふ》り返《かえ》っていた。

サラサラの金髪《きんぱつ》、ルビーのような赤い瞳《ひとみ》。

（ああ……グラジオがもういる！）

遅かった。すでに、我がスピアー家に義弟は迎え入れられていた。

「あ、あの……あ、アルメリア……さま……」

慌《あわ》てた様子でグラジオは立ち上がり、私に深々と礼をして見せる。

「あっ、ごめんなさい、やってくるとは思ってなくて……！　お、おからだは、もうよいのですか……？」


そして、グラジオは怯《おび》える眼差《まなざ》しで私を見てきた。

（ああ……しかも、もうすでに、威嚇《いかく》済みだわ、私……）

終わった。内心で泣きながら、グラジオに微笑《ほほえ》む。

「突然《とつぜん》ごめんなさい、この家にはもう慣れたかしら」

「あ……は、はい……。も、申し訳ありません、勉強不足で……」

（……ふっ。いじめ済みだわね、私……）

優《やさ》しい口調で話しかけたはずなのに、あからさまに肩を大きくびくつかせ、目を合わせないままおずおずと答えるこの仕草。十中八九、アルメリアはすでにやらかしていた。

ああ、そうだ。グラジオの怯えた顔を見たら、現世の記憶を少し思い出してきた。

初めて一緒《いっしょ》に食卓《しょくたく》を囲んだときにグラジオのテーブルマナーの拙《つたな》さに呆《あき》れ返って、一挙一動すべてにケチをつけていじめていたと思う。なんでそんなことをしたのだろうか、アルメリアは。――いや、田舎《いなか》育ちのスピアー家の血も薄《うす》い遠縁《とおえん》の親戚《しんせき》のくせに、我が家《や》の当主となるべく引き取られたことが気に食わなくて、だが。

そんなきっちりゲームのシナリオ通りにいじめてなくてもいいじゃないか、と泣きたくなる。

乾《かわ》いた笑いしか出ないのをなんとか少しでもウエッティになるように努めて、私はグラジオにニッコリと笑ってみせる。

「あなたが慣れない環境《かんきょう》で困っていないか気になって来てみたの。ごめんなさいね、また来るわ。その時はちゃんと事前に連絡《れんらく》して来るから」

「えっ、あ……わか……しょ、承知いたしました」

おずおずと答えるグラジオに「私のばかばか！」と内心自分を殴《なぐ》りたい気持ちでいっぱいになる。

いきなりやってきたわりに特になんの用事もなく退散するという奇行《きこう》だけして、私はすごすご自室に戻《もど》った。

（でも、とりあえず現状を把握するという目的は果たせたわ。すでにグラジオの私への印象は最低みたいだし……）

奇行を多少したところで些事《さじ》である。もうこれ以上下がる印象はない。よしとしよう。

悪女アルメリアの義弟、グラジオ・スピアー。

彼はスピアー本家の遠い親戚筋で、田舎の領地で暮らしていた一族に生まれた少年だ。

スピアー本家には、女の私しか生まれなかった。女では家を継《つ》ぐことができない。なので、遠縁の男子であるグラジオがスピアー本家に養子として引き取られることになった。

悪女アルメリアはそのことが許せなかった。養子など認めない、なぜ女というだけで優《ゆう》秀《しゅう》な魔《ま》術《じゅつ》師《し》である私が家を継げないのだ、田舎者のこの男が栄えあるスピアー家を継ぐのだとおおいに嫉《しっ》妬《と》した。

アルメリアはグラジオの存在をけっして認めず、虐《しいた》げ、蔑《さげす》み、いたぶった。

そしてその結果、ゲームシナリオにおいて、グラジオ・スピアーはラスボスとして覚醒《かくせい》するのだった。

彼が生まれ持った闇《やみ》の魔力《まりょく》を用いて暗躍《あんやく》を始めてしまえば、多くの人が命を落とす。未来を知っていて、それを避《さ》けない道理はなかった。

（転生だなんて、信じられないけれど、今この時代にアルメリアに転生したのなら、こんな最悪の未来は絶対に避けたい――！）

ちなみに、アルメリアはグラジオが引き起こした王都の混乱の際に「こんな国にはいられない」と国外逃亡《とうぼう》を図《はか》り、グラジオに「逃《に》がしはしない」と刺殺《しさつ》されるのがゲーム上のシナリオである。

（刺殺は……勘弁《かんべん》願いたいわね）

ここで頭に過《よぎ》るのは、私の転生前の最後の記憶。

転生前の私はある中学校で教鞭《きょうべん》をとっていた。地元では有名な荒《あ》れた中学で、初めて赴任《ふにん》したときは絶望した。

ある日は廊下でバイクを乗り回す生徒が出没《しゅつぼつ》し、またある日はトイレの水が止まらなくなる巧妙《こうみょう》な細工を施《ほどこ》し、美術の授業では『彫刻刀《ちょうこくとう》の使用禁止令』が出るような学校だった。ちなみに、家庭科の調理実習は包丁を出さずに済むようにおにぎりを作り、味噌汁《みそしる》作りはカット済みの野菜を使うことで切《き》り抜《ぬ》けていた。

けれど、実際に荒れた生徒と関わっていると、彼らがなぜ荒れているのかにはそれぞれ理由があって、微力《びりょく》ながらも本当の素顔《すがお》に触《ふ》れられる瞬間《しゅんかん》があると『教えることの喜び』と『自分が教鞭をとる意義』を思わせてくれて、やりがいがあった。逆に言うと、やりがいがあると思うしかなかった、とも言えるかもしれないが、あえてそうは言わないようにしたい。

（まあそれを凌駕《りょうが》するブラック勤務でストレスはやばかったけどね……）

ストレス解消にのめり込んだのは、乙女ゲームだった。高校生くらいまでは結構やっていたけれど大学受験をきっかけにめっきりご無沙汰《ぶさた》だったそれにのめり込み、高校当時プレイしていた懐《なつ》かしいゲームも新作も片っぱしからやりまくった。

そんななかでも特にお気に入りで何度もプレイしたのが、いま私が転生してしまった――らしい、『運命のロマンス・ロンド』だった。

グラジオはどう頑張《がんば》っても攻略《こうりゃく》できないキャラで、枕《まくら》を濡《ぬ》らしたこともある。恋愛《れんあい》イベントが見たかったわけではない、ただただグラジオが救いのないキャラだったからだ。

元々、私はゲームの主人公に自己投影《とうえい》するよりもかわいいヒロインと個性豊かなイケメンのカップリングを眺めていたいタイプだから、恋愛はそんなに求めていない。恋愛じゃなくても、好きなキャラが幸せになっている姿が見れたら、嬉《うれ》しい。私はそういうプレイヤーだった。

さて、そんな私が死んだ理由。それは生徒指導中に告白してきた男子生徒にハッキリNOと伝えたら彼の隠《かく》し持《も》っていたナイフで刺《さ》されたから、である。

ひとしきり前世の記憶を振り返ったところで、私はぶるりと震《ふる》えた肩を一人抱《だ》きしめた。

(前世でも刺されて死んで、今世も刺されて死ぬのは、嫌《いや》すぎる……!)

ハッと思う。もしかして、私がアルメリアに転生した理由。死因が同じだから、では？ と。

……まあ、それはひとまず置いておこう。今はどうでもいいことだ。死んだのも、転生しちゃったらしいのも、もう過ぎてしまったこと。向くべきはこれからの未来である。

私はもうそんなふうには死にたくないし、グラジオのせいで多くの人が不幸になることも避けたい。

ゲームシナリオ通りに行くならば、これからアルメリアは義弟グラジオをいじめぬいてラスボス化させて世界の危機を招いてしまう。ならば、グラジオが闇堕《やみお》ちしないように自己肯定《こうてい》感高く育つように導けば誰《だれ》も不幸にならないのではないだろうか。

　ゲームのグラジオは救いがなさ過ぎてずっと気になっていたから、彼のことも救えて一石二鳥である。

（私はこれから、義弟を徹底的《てっていてき》に褒《ほ》めて励《はげ》まし慈《いつく》しむと誓《ちか》います！）

　うん、と力強く、私は決意を固めるのだった。


　さて、決意満々の私が向かった先は、母・ヴァネッサのもとだった。私の髪色は母譲《ゆず》りで、気の強そうな顔つきもよく似ていると思う。ゲーム本編では、基本的には厳しい人物だけれど年を取ってようやくできた一人娘であるアルメリアのことを夫とともに溺愛《できあい》していて、その結果、アルメリアのグラジオいじめを容認《ようにん》してしまうという立場の人物だ。

「お母さま、いま少し、お話ししてもよいかしら」

　ノックをして、お母さまの部屋に入ると、お母さまは「あらあら」と心配そうにしながら、すぐに私に小走りで駆《か》け寄《よ》ってきた。

「まあ、アルメリア。そんなに歩き回って大丈夫《だいじょうぶ》なの？　ほら、早くお部屋のなかにはいりなさい。なにか飲み物も用意させましょうか？」

「だ、大丈夫よ。そんなに長居もしないから、飲み物もいらないわ」

そう？　と母は怪訝《けげん》な顔をして、眉根《まゆね》を寄せる。呼びかけていた室内に待機していた侍女《じじょ》を下がらせたのを見届けてから、私は口を開いた。

「……あの、お母様？　王太子との婚約《こんやく》の件なんだけれど」

恐《おそ》る恐る、母に聞いてみると、ふうとため息まじりに答えが返ってきた。

「ええ、無理を言ったと思っていたけれど、意外なほどすんなりと受け入れられたわ。我が娘ながら、とんでもない要求をするのだから」

母は頰《ほお》に手をやりながら「やれやれ」と小さく首を振る。

（ああああごめんなさい！　『この家を継げないいんだったら王太子殿下《でんか》の婚約者になるくらいじゃないといやよ！』とかわがまま言ってごめんなさいーー！）

そう、私は、グラジオが義弟として迎えられることを嫌がり、そんなとんでもない要求をして両親を脅《おど》していたのだった。

『義弟を迎えるなんて絶対にいや！　私のお願いを聞いてくれないなら、私は義弟をいじめるぞ。要求を吞《の》むなら、いじめるのは勘弁してやる』と。

ちなみに、ゲームのアルメリアは両親がこの要求を叶《かな》えてくれたにもかかわらず、約束を破ってグラジオをいじめ倒《たお》していた。最低である。

「それ、なかったことにできないかしら」

「さすがに無理よ！　何を言っているの？」

「ちょっと、いくらなんでもわがままが過ぎたかなと思って……」

「ここまで話が進んでいて撤回《てっかい》するのは無理よ、どうしたのアルメリア。風邪を引いて、気弱になってしまったの……？　もう一度お医者様を呼びましょうか？」

「私はもう元気よ、お母さま！」

ぎょっとする母に慌てて首を横に振る。

「いくらスピアー家が公爵位であっても、無理を言って王家に受け入れてもらった縁談《えんだん》を数日のうちに撤回するだなんて許されないわ。そんなこと、賢《かしこ》いあなたならわかるでしょう？」

「……そうよね……」

フッ、と遠い目になる。

いや、まだ、内内でだけの話……とか、軽い雑談レベルで収まる状態なら、撤回、間に合うかなあと思ったんだけど、間に合わないか、そうか。

（わりと最悪な状態で転生を自覚してしまった……）

いっそ気づかないままだったら――いや。

（今ならまだ！　グラジオの闇堕ちも、私の死亡フラグも、王太子との結婚《けっこん》も避けられる！）

私八歳、グラジオ六歳の今なら、まだ。ゲーム本編は今から十一年後のはずだし！

猶予《ゆうよ》はたっぷりとある。

（……王太子との婚約はどうしよう……。どうやって、円満に婚約破棄《はき》したら……？　でも、ゲーム中の王太子はアルメリアを内心で嫌《きら》っていて、ヒロインといい感じになったらすぐに婚約破棄してたくらいだし……。そこはなんとかなるかしら……）

よし。グラジオの闇堕ちは回避《かいひ》させつつ、王太子からはゲームシナリオ通りに嫌われるように振る舞《ま》えばいいだけのことだ。グラジオの善き義姉《ぎし》と、王太子に対して横暴で性《しょう》悪《わる》な婚約者がまともに同時進行できるかは、怪しいけど、きっとどうにかなるだろう。

（家の中ではまともだけど、外に出たら恋人《こいびと》にはしたくない奇人《きじん》って感じにしてればいいかしらね）

大真面目に考え、うん、なんとかなるきっとなると私は一人、大きく頷《うなず》いた。

さて、次の日。時計の針が九時を指し示したころ、私は行動を開始した。

たしか、いつもこのホールを使って作法と魔術《まじゅつ》のレッスンを受けているはず。

ホールの大扉をバァンと威勢《いせい》よく開く。ホールの中心にいた父とグラジオがぎょっとして振り向《む》いた。

「お父様！」

「……おお、アルメリア」

グラジオは膝《ひざ》をつき、顔を赤くして涙《なみだ》を堪《こら》えているようだった。父に厳しくしごかれていたのだろう。

「お父様、ホールの外にも怒声《どせい》が響《ひび》いておりましたよ」

「むっ……そ、そうか」

いきなり突撃《とつげき》して来るのもちょっと変だから少し盛って、お父様を睨《にら》む。

実際に怒声が漏れていたわけではない。ゲームをプレイしていた私だから、父が過剰《かじょう》にグラジオを厳しくしごいていたことを知っていたに過ぎない。自分の立ち居振る舞いがいささか過剰であることを自覚している父は私の目論見《もくろみ》通り、怯《ひる》んでくれた。

「なぜそのように高圧的に振る舞うのですか。グラジオはまだ六歳の子どもなんですよ」

八歳の私がそれを言うのはどうなんだ、と思いつつ、お父様を鋭《するど》い目つきで見上げる。

お父様もお母様と同様、他者に厳しいわりに私には甘いので、「むう」と眉《まゆ》をひそめて困り顔になった。

「そうは言ってもだな……グラジオはもう六歳なのだ。スピアー公爵家にふさわしい教養を身につけるにはこれくらい厳しくあたらねば間に合わん。貴族としての立ち居振る舞いだけでなく、経済学、政治学、この領地の地形気候の特色の理解……学ばなくてはならないことは無限にあるのだ。むろん、魔力の使い方もな」

「……」

お父様がひとつひとつ挙げるたびに、グラジオの表情が重くなっていく。こんなに一気に言われたところで、六歳では、『なんかよくわからないけど、えらいすごいことを、ものすごい量やらされそうになってる』くらいの理解しかできないだろう。

「多くのことを学ばねばならないからこそ、無理やり詰《つ》め込むような教育はふさわしくないと思います。私とて、この家に長女として生まれたからこそ、自然と貴族令嬢《れいじょう》として望ましいふるまいが身につきましたが、グラジオには今まで貴族社会の空気に触れる機会がなかったのですから、いきなり多くを求めるのはあまりにも酷《こく》では？」

お父様はううむと唸《うな》り、グラジオはきょとんと困った顔で目をぱちぱちと小刻みに瞬《また》かせた。

「そうでなくとも、これだけガラリと環境が変わっているのです。教育を焦《あせ》るよりも、まずは環境に慣れ、心身を整えてから臨《のぞ》んだほうが学習効率もあがると思いますわ」

グラジオの小さな肩にそっと手を置く。グラジオはびくりと身体を震えさせ、戸惑《とまど》いの目で私を振り返った。

（おほほ、信頼《しんらい》関係、ゼロ！）

やむを得ない。まずは、グラジオの畏縮《いしゅく》を解くことが先決だ。

この最悪な環境が続いていてもグラジオは将来優秀になっていたのだ。グラジオの才と頭の良さは確実。詰め込み教育を焦る必要はない。

「お父様、どうかグラジオの講師役を私にお任せいただけませんか？」

「……お前が？　一体どういう風の吹《ふ》き回しだ」

「お父様はお忙《いそが》しい身、グラジオの教育に直接携《たずさ》われるのはわずかな時間。だからこそ余計に焦りもあるのでしょう。外部講師もお招きしておりますが、外から呼んだ先生たちよりもこの家のしきたりに最も詳《くわ》しいのは私でしょう？　まさか、お父様は私が教鞭をとるには未熟とお思いなのですか？」

一人娘に甘い父にそう言えば、父は「むう」と顔をしかめだす。

「グラジオは見たところ、田舎から連れてこられて慣れない生活に疲弊《ひへい》している様子。ただでさえ恐縮《きょうしゅく》しているのに、大人が高圧的に囲んだらますます畏縮してしまいますわ。私なら、年も近いし、適任だと思いますが」

我ながら八歳だとは思えない流暢《りゅうちょう》さでべらべらと喋《しゃべ》る。が、あまりそこは気にしない。もともとのアルメリアも幼いときから口が達者なタイプだったので、父親もそこまで違和《いわ》感《かん》は覚えないだろうと踏《ふ》んでのことだ。もしかしたら、現代日本感覚で緩《ゆる》めになってる私よりもハキハキ喋っていたかもしれないくらいだ。

アルメリア、悪女だけど、頭はいい才女タイプだったんだよなあ。最期《さいご》「殺されてやむなし」ってファンが口をそろえて言うほどの悪女だったけど。

「私自身の学びとしても、グラジオに自らが学んだ知識を教えることはほかに代えがたい貴重な経験になるはずですわ。ねっ、お父様、よろしいでしょう?」

ずらずら喋りつつ、最後は猫なで声《ごえ》で父親を上目遣《うわめづか》いに見る。

父は難しい顔をしていたものの、最終的には折れたようだった。やった。


そんなわけで、私は早速《さっそく》父をホールから追い出して、二人きりになって改めてグラジオと向き合う。

父に叱責《しっせき》されてからしゃがみこみきりだったグラジオの目線に合わせて、私も屈《かが》んでそっと手を指し伸《の》ばした。

「さあグラジオ。今日から私があなたの先生よ、よろしくね」

「……えっ、あ……」

グラジオの怯えた様子を見て、「あ」と思い出す。

「そうね、まず、しないといけないことがあるわよね。グラジオ、ごめんなさい」

「えっ……」

「私、あなたがやってきたとき、あなたを敵視して、ひどいことを言ったり、いやなことをしたりしていたわ。ごめんなさい」

突如《とつじょ》謝罪を始めた私に、グラジオはおどおどと戸惑いをあらわにする。

「許してほしいとは言わないわ。けれど、もうそんなことはしないって約束する。私、あなたに嫉妬していたの。この家の長女は私なのに、私は家を継げなくて……。違《ちが》うおうちからやってきたあなたが我が家の跡取《あとと》りになるだなんて、許せなかったの。ごめんなさい」

「あ、あの……」

「熱で寝込んでいる間、ずっと考えていたの。今は生まれ変わった気分だわ。私、もうあなたにいじわるしない。この家であなたの一番の味方になるわ、私」

グラジオのひんやりとした冷たい手を取り、本心からそう言う。

すでにいじめられ済みのグラジオに、この謝罪がどれだけ受け入れられるかはわからないけど。

長い前髪《まえがみ》ごしの赤い瞳を、じっと真剣《しんけん》に見つめる。

「……味方に……」

幼い声で、ぽつりと呟《つぶや》いたグラジオはまだ俯《うつむ》いていた。

（こんなすぐ謝罪が受け入れられるだなんて思っていない。これからの言動で地道に信頼関係を築いていく覚悟《かくご》はできてるわ）

今この場で、返事を得られることは期待していない。けれど、何か言いたげな様子であるグラジオの言葉の続きを待った。

「あの、おれのこと、嫌いじゃないんですか」

「えっ？」

「……おれが、なんにもできない田舎者なのはほんとのことだから……なにもできないってバカにされるのは、当たり前だから、いいんです。でも、おれのこと……きっと、アルメリアさまは、嫌いなんだと思ってて……」

たどたどしい口調ながら、グラジオは懸命《けんめい》に喋る。こういう喋り方でよいのか、と探《さぐ》り、悩《なや》みながら話している様子が見てわかった。

「グラジオ、話しやすいように喋ればいいわ。私のことも、よかったら姉さんと呼んで」

「……でも、おれみたいなのが家族になったら、いやになって当たり前だから……」

長いまつ毛がさっと赤い瞳に影《かげ》を落とす。

「私があなたに嫉妬していたのは、あなたがとっても賢そうで、きれいで、私なんかよりずっと両親たちにも大切にされそうだったからよ。あなたはとても素敵《すてき》な子だと思うわ」

「……」

俯いたまま、赤い瞳がこちらを向いた。

「おれのこと、きらいじゃないの？」

「ううん。いじめてしまっていたいままでをやり直したいくらい、今ではあなたと仲良く

なりたいって思ってるわ」

「……」

反省すべきは家に来るなりいじめで出迎えた私なのに。グラジオは『自分が悪いのだ』と言いたげに申し訳なさそうに眉を下げていた。

「……おれはきっと、あなたをガッカリさせると思う」

そう言うと、グラジオは再び目線を逸《そ》らしてしまった。ネガティブ方向に頑《かたく》なな彼の姿を見て「おお、この年から成長済みグラジオの卑屈《ひくつ》キャラの片鱗《へんりん》が……」と変な感動をしてしまう。三つ子の魂《たましい》百までとはよく言ったものだ。

「そんなことないわ。ねえ、今日はせっかくこんな広いホールにいるんだから、一緒に歌って踊《おど》りましょうよ」

「えっ」

なんで？　という感じでグラジオは目を丸くする。グラジオはまだ六歳だから……このくらいの年の子にウケのいい歌と踊りをいくつか思い出す。小学校で教えたことはないけど、何度かボランティアで学童には行ったなあ、と思い出す。

「お、おれ、うたもおどりも、しらない」

「大丈夫！　私しか知らない歌と踊りだから！」

「ええっ⁉」

嘘じゃない。だって、転生前の日本の歌だからこの世界には存在しない歌だもの。困惑《こんわく》しているグラジオの手をとり、ニッと笑ってみせる。

「すぐに覚えられるわよ、私が先にやるから、次から一緒にやりましょ！」

歌詞があいまいなところは適当に誤魔化《ごまか》して、とにかく威勢よく歌って踊った。グラジオは聡明《そうめい》な子だからすぐに歌も振り付《つ》けも覚えてしまうようで、おずおずとだけど、私が動き出すと一緒に付き合って踊ってくれた。さすがに恥《は》ずかしいのか、歌いはしなかったけど。

勢い任せで半ば無理やり付き合わせている形にはなるが、でも、グラジオの表情はさっきと比べて圧倒的《あっとうてき》に和《やわ》らいでいた。

（身体を動かすのが嫌いな子どもはそう多くないからね！）

もちろん嫌いな子だって中にはいるけど！　いないわけじゃないけど、でも、グラジオはそうじゃなくてよかった。

一緒に手をつないでランランランと踊っていると、ふと目にかかる彼の前髪に気が付く。

（グラジオったら、ずいぶん前髪が長いわね）

あ、でも、ゲームの大人になったグラジオも前髪の長いデザインだったな……と思い出す。卑屈な性格という設定だから、自分に自信がなくって顔がよく見えるのを嫌うのを示唆《しさ》するデザインなのだと思っていたが。

（このくらいの時から前髪長かったのかあ、目が悪くなりそうで心配だけど）

グラジオの目が悪いという設定はとくになかった、と思うけれど、あえて触れられてなかっただけで実は目が悪かったともわからないし。できれば前髪を切りたいなとうずうずしてしまった。

（今度聞いてみよう）

ふと、グラジオと目が合う。ニコ、と笑うとすぐに逸らされてしまったけれど、少しは彼に歩み寄れただろうか。

ひとしきり踊って汗《あせ》をかいて、二人で居間に戻って、メイドにいれてもらった冷たい水を一杯《ぱい》飲んで今日は解散となった。

それから数日。グラジオは少しずつ私とお話をしてくれるようになってきた。

田舎育ちとはいえ、貴族は貴族。幼少期のうちに身につける最低限の教育は施されていたようだ。挨拶《あいさつ》、食事マナーなどなど、基本的なことはわかっているらしい。

ただし、あんまり自信はないようで、「知ってるんだ、じゃあやってみて」という形で言うと固まってしまうが、一度私が見本を見せてから促《うなが》すと、なかなかの所作でこなすことができていた。

自信のなさはこれからなんとでもなっていくはず。だから、教える側としてはあまり気にしていないのだが、しかし。別の悩みがあった。

（だいぶ慣れてくれた……と思うんだけど……）

グラジオと、なかなか目が合わないのだ。現に今も、グラジオにふと目を向けると、一瞬《いっしゅん》バチッと目が合うのだが、そのとたん、グラジオはサッと俯いて私から目を逸らそうとする。

（うーん、もともとの性格もあるのかしら）

グラジオは卑屈である。アルメリアに性格を歪《ゆが》められた影響《えいきょう》が強いと思っていたけれど、生まれつきそういう傾向《けいこう》はあったのだろうと数日の様子を見ているとそう思う。

「ねえグラジオ、今、目を逸らしたわよね？　どうして？」

「……」

気まずそうにグラジオは唇《くちびる》を噛《か》んだようだった。あんまりにも直球で聞きすぎちゃったかしらと反省しつつ、グラジオの言葉を待っていると、おずおずとグラジオは口を開いた。

「真っ赤な目がこわいと……よく言われるから……」

「えっ？」

「……血みたい、って。物語でかかれてるバケモノみたいだ、って……」

自分の記憶を必死で呼《よ》び戻す。

グラジオがスピアー家にやってきた短い期間だけで、アルメリアはさんざん彼に罵詈《ばり》雑言を投げつけてはいたけれど……赤い目がこわいとは、言っていない。ゲーム中のアルメリアもグラジオの整った容姿に嫉妬はしていたけど彼の美貌《びぼう》は褒めたうえで「忌々《いまいま》しい」と言っていた。

アルメリアいわく、「真っ赤な瞳は強い魔力の現れ。遠縁もいいとこな田舎に隠居《いんきょ》した一族のくせに」とのことらしく、羨望《せんぼう》するがゆえに憎《にく》んでも、「バケモノ」と揶揄《やゆ》することはけっしてしていなかったはずだ。

「そんなこと、誰が」

「兄上と……母様と、同い年の村の子も」

なんてこと。ゲーム本編では語られてこなかった事実だ。

(待って、グラジオって、引き取られる前の田舎暮らしのときから家族やお友達からいじめられて……？　しかも、母親からも……？)

「もしかして、あなたの前髪が長いのって」

ハッとして問いかけると、グラジオはこくりと小さく頷いた。

「目がよく見えるとみんな怖《こわ》がるから、こうしなさいって」

思わず天を仰《あお》ぐ。

そこか、グラジオの長い前髪設定は。想像以上に根深かった。

（そういう理由なら、なおのこと、この前髪は切りたい。呪《のろ》いを断《た》ち切りたい……）

私はグラジオと向き合い、「ねえ」と優しい声をかける。

「あなたのお顔、とっても好きなの。お願い、もっとよく顔を見せて？」

「……」

「髪、のけてもいい？」

了承《りょうしょう》を乞《こ》うと、グラジオは小さく頷いた。

髪の先が目に入らないように慎重《しんちょう》に、長い前髪を横に分けると、キラキラの赤い瞳が出てきた。前髪の影がないと、より一層色鮮《あざ》やかに見える。

「なんてきれいな目……」

思わず嘆息《たんそく》まじりにこぼすと、グラジオはぎょっと目を丸くしてしまった。

「えっ」

「グラジオ、やっぱりこんなにきれいな目を隠しているのはもったいないわ。ここには、あなたの目を怖がる人はいないのだし」

「で、でも」

「赤い目は確かに珍《めずら》しいわ、人の少ない田舎では目立つかも。だけど、あなたが今いるこの王都では赤い目の人とも結構すれ違うわよ」

グラジオの瞳が揺《ゆ》れながら私を見る。「本当に？」と窺《うかが》うような、すがるような、そんな目だ。

不安げなグラジオにニコ、と微笑んでみせる。

「前髪が目にかかってると、ものがよく見えないでしょう？　目に髪の先が入って痛くなったりとか、目も悪くなりやすいし……今度、お母さまに頼《たの》んで理髪《りはつ》師を呼びますから、あなたさえよかったら前髪、切っちゃわない？」

「……」

ぎゅ、とグラジオが口を噤《つぐ》ませる。そして、しばらくして、小さく口を開いた。

「おれの目をみても、あなたがこわがらないなら、いい……」

「！　いいのね！　ありがとう！」

思わず、グラジオの肩に抱きつく。グラジオは少し驚《おどろ》いたようだけど、嫌がりはせず、困ったように眉を下げ、目線を彷徨《さまよ》わせていた。

「……お姉さまはおれが髪切るとうれしいの」

「そうね、あなたのきれいな目がよく見えるようになるし」

何事も形から入る、というのは結構大事なことだし。視界がスッキリしたら気持ちも前向きになりやすいかもしれない。

なにより！　母親と同年代の子にいじめられてきたという因縁《いんねん》が込《こ》められた長い前髪は、断ち切りたい！

「……そっか」

ぽつりと呟かれる。その表情がわずかに微笑んでいるように見えた――のは、気のせいだったろうか。

それから、そう間を置かずにグラジオの前髪は短く切られ、こころなしか前よりも目がちゃんと合うようになったのだった。うんうん、よしよし。

いつもお忙しい我が父。そんな父が私を二人きりのお茶に誘《さそ》ってくださって、私は中庭に設けられたガゼボで優雅《ゆうが》なティータイムを過ごしていた。

（前世では憧《あこが》れてたなあ、三段アフタヌーンティーセット……）

そんな優雅な時間を過ごす余裕《よゆう》はなく、ひたすら働き、睡眠《すいみん》時間を削《けず》ってするゲームが心の癒《いや》しだったなあとなんだかほろ苦い気持ちになる。飲んでいる紅茶は清涼《せいりょう》感に溢《あふ》れた芳《かぐわ》しい香りをしていて、焼き菓子《がし》のバターの香りもこんなにも芳醇《ほうじゅん》だというのに！

前世の記憶に浸《ひた》るのはやめよう。

さて、私にグラジオの教育係が任されるようになって一か月。グラジオはかなり私に心を開いてくれた、と思う。簡単な食事のマナーやら、貴族としての挨拶、話し方、そんなところは一通りレッスンし終えた。

そういったマナー的なところだけでなく、グラジオ自身に変化が出てきた、と思う。表情も明るく見えるようになった。長かった前髪を切ったおかげ……だけではない、と思う。一番身近で長時間接している私にだけでなく、お父様、お母様、使用人たちにも少し心を開いてきた様子が見られるらしい。

「……アルメリアにまさか教師の才があったとはな」

しげしげとお父様が呟く。どうも、この優雅なティータイムは優秀な教師役になった愛《まな》娘《むすめ》へのご褒美《ほうび》タイムのようだ。

「あらいやだ、お父様ったら」

あるのは才能じゃなくて『経験』なんだけれど。おほほほ、とお父様の感嘆《かんたん》を笑って受け流す。

「グラジオの表情がみるみる明るくなってきているじゃないか。あの子は生まれつき引っ込み思案《じあん》で自信のない子だと思っていたんだが……」

「そういう性格の傾向はあるかもしれませんけど、とにかくグラジオは環境に畏縮している面が大きかったと思うのです。もちろん緊張《きんちょう》しているのは今だに……ですけど」

「そうだな。だが、ずいぶんとお前には心を開いてきているようだ」

お父様はしみじみと目を細める。ゲームでは本編中に登場することはなかったキャラだから、グラジオやアルメリアが語る伝聞でしか触れることがなかったけれど、「ああ、こんな優しそうな顔を浮かべるような人だったのか」といささか驚く。

（よほど、ゲームのアルメリアがおっかなかったのかしら……。ちゃんとグラジオにも愛情持ってる感じじゃない）

ゲームでのグラジオは、この父や母にもまるで守られてこなかったようなのに。あるいは、今こうして私が『グラジオを養子として認めて、さらには守ろうとしている』ことの影響が大きいのだろうか。

ともあれ、両親自身が抱えるグラジオへの悪感情はなさそうであることに安心する。

「アルメリア。お前自身の勉強は滞《とどこお》りないのかい」

「はい。それはつつがなく。私はもともと優秀ですし、グラジオに教えることで学びはさらに堅固《けんご》なものになっておりますわ」

ちょっとマセ気味なことを言う。まあ、でも、事実だ。アルメリアは転生した私視点からすると、驚くほど聡明だった。ちょっとビックリするくらいいいエンジンを積んでいるというか、これをうまく私が操縦できるんだろうかと心配になる。妙《みょう》な暴走車両にならないか、気を付けないと。

「そうか、週に三回呼んでいるお前の家庭教師はこのままの頻度《ひんど》でいいのか？　減らすことも増やすこともできるぞ」

「今のままで結構です。このくらいがちょうどいいですわ」

「そうか。あいわかった」

父はそう言って深く頷いた。

「……変わったのはグラジオだけじゃないな。お前もずいぶん落ち着いたじゃないか」

目元のしわを深めながら、父は柔《やわ》らかく目を細めて私に視線を寄越《よこ》す。

「うっ、そ、そうでしょうか……」

「ああ、前のお前は……お前本人に言うのもどうかと思うが、苛烈《かれつ》を絵に描《か》いたような娘だった。まるで人が変わったかのようだ」

（……違う人になってますからね……）

あえて、転生の話はしないほうがいいだろう。したところで、信じてもらえそうにもないし、メリットもなさそうだ。

（とりあえず、好意的に受け止められているし、まさか別人に入れ替《か》わってるみたいな疑いがかけられているわけでもないし。いい……のかな？）

カチャリと小さく、お父様がカップをソーサーに置いた音がした。

「私はな、後悔《こうかい》していたんだ。歳《とし》をとって、ようやくできたお前を蝶《ちょう》よ花よと育ててきたが……正しい育て方ではなかったのかもしれなかった、と。だが、こうしてお前が義弟と共に成長していく姿が見られて、嬉しいよ」

「お父様……」

なるほど、父の目線から見ると、私もグラジオとの関わりを通して成長して変わっていっているように見えているのか。

……ゲームシナリオでの父がグラジオに必要以上に厳しく当たっていたのは、甘やかしてきたアルメリアの育て方への過剰な反省だったのかしら。

お父様は普段滅多《ふだんめった》にしないような優しい微笑みを浮かべ、「そろそろ仕事の時間だ」と席を立った。

そして、昼下がりの中庭を去っていく。

（まあ、順調といえば順調だけど）

お父様を見送ってから、私はうーんと首を捻《ひね》った。ティータイムが終わったら、グラジオのレッスンの時間だけど……。

お父様と別れて、レッスンのために借りているホールでグラジオと二人向き合う。グラジオは浮かない顔をしていた。今日は初めて、闇魔術の練習を行う日だった。

グラジオは初めてやることはやりたがらない傾向がある。もうできるはずのことでも、披露《ひろう》するのを躊躇《ちゅうちょ》するところはあったが、『初めて』のことに対しては、それ以上に顕著《けんちょ》だ。

基礎《きそ》ができていることはおどおどしながらも、ちゃんとやって練習を重ねられるけれど、初めてのことだと「できないよ」から始まるのだ。私が見本を見せて、「また今度」で終わるのがしばらく続いた。

(見本を見て、蓄《たくわ》えているのかもしれないけど……)

完璧《かんぺき》にできるようになるまで、見て覚えて、それからと考えているのかもしれない。だが、やはり、何事も実践《じっせん》で学ぶのが一番早い。

(何より、もっとグラジオの自信につなげていきたいんだけど……)

今日もまた、「これをやってみよう」ということに対して、グラジオは俯いて首を振っていた。

「おれは、できないよ、やったことないもの」

「できなくて普通《ふつう》よ。だから練習するの」

いままでは「そう」と軽く流して無理強《むりじ》いはしてこなかったけど、信頼関係もできてきた今、そろそろ……と思い、少し強めに「やってみよう」と押してみる。

グラジオは私から目を逸らそうと、目線をしばらく彷徨わせていたけれど、やがて、おずおずと窺うように私の顔を見上げた。前髪を切ったおかげで、キラキラの赤い目とバッチリ目が合う。

「……みっともなくても笑わない？　かっこ悪くない？」

「かっこ悪いわけないいじゃない、努力する人はかっこいいに決まっているわ」

「……ッ」

グラジオはまたふいっと俯き、明らかに息を呑んだ。

彼の葛藤《かっとう》が見える。彼自身が答えを出すのを待とうと私は静かに待った。

「……お姉さまが、そう言うのなら」

グラジオはぽつりと呟く。

「うん！　えらいわ、グラジオ」

私はそんなグラジオを肯定してやるように、ぎゅうと抱き締める。

スピアー家は国の古参貴族のひとつで、現代では希少な闇の魔力を発現することの多い家系だ。

父と私、そしてグラジオは闇の魔力を持っている。母も一応スピアー家の血が入っている人間だが、闇の魔力はなく、一般《いっぱん》的な風魔法《まほう》の魔力しか持っていない。

闇の魔力は、はるか昔の時代、魔界《まかい》と世界の境目が曖昧《あいまい》だった時代の名残《なごり》と言われているらしい。

闇の魔力で何ができるかと言うと、闇の魔術による攻撃《こうげき》と、魔物《まもの》や悪魔《あくま》といったものの封印《ふういん》である。

何が有り難《あ　がた》がられているかというと、後者の封印術が行える、という点だ。現代では魔界は封印されているけれど、ごくたまに封印の隙間《すきま》？　のようなところから、魔物が迷《まよ》い込んだり、悪魔が現れることがある。その時に力を発揮するのが、闇の魔術の使い手だ。

そんなわけで、我々スピアー家は貴重な闇の魔力と魔術を継承《けいしょう》し続ける役目を持っていた。

……それが、遠縁となっていた田舎育ちのグラジオがスピアー家に跡取りとして引き取られるようになった所以《ゆえん》でもある。

（ちなみにこの私！　アルメリアは！　闇の魔術の超《ちょう》使い手！　……という設定）

なので、私が転生しちゃってからもアルメリアは難なく闇の魔術を使いこなしていた。

アルメリアは才能に溢れていたというのに、女というだけでスピアー家の跡取りになれないことを、心の底から憎らしく思っていた。そしてその鬱憤《うっぷん》全てをグラジオにぶつけていた。

（……そして、グラジオは、アルメリア以上の闇魔術の天才）

グラジオは鑑定《かんてい》によって、闇の魔力があることはわかっているけれど、未だその魔力を使ったことはない。

この世界の人間たちはみんな魔力を持って生まれてくるけれど、実際に魔力を使って何かするというのは一般的なことではない。火の魔力とか、風の魔力とか、魔力の種類には色々あるけれど、魔法が使えても日常生活にはそこまで活かせられないからだ。よほどの鍛錬《たんれん》を積めば実用的になっていくかもしれないが、一般人がそこまで鍛錬するメリットがあまりない。

一番簡単な、魔力の球を発生させる方法をグラジオに教えてみると、グラジオは不安そうな様子とは裏腹に、いきなり魔力の球を作り上げることを成功させていた。これができるようになるまで、普通なら数週間かかってもおかしくないのに。

「お姉さま、これでいいの？」

「！　ええ。完璧よ」

不安そうなグラジオに、拍手《はくしゅ》で肯定する。

「これが魔力を発現させて魔術を使う基本の形。この魔力の球を作るイメージを応用していろんなことができるの。この球をそのまま対象にぶつけるだけでも強力な攻撃になるし、変形させて剣《けん》や弓みたいに使うこともできるし、私たちの場合は、最終的には魔物や悪魔封《ふう》じができるようになることが目標だけど……」

グラジオならば、それもあっという間にできるようになるだろう。

教えながら、少しだけ悩む。

（そもそも闇の魔力の使い方を教えなければ、グラジオが将来、悪魔の封印を解いてしまって魅入《みい》られることはなくなる……？）

悩んだが、それを避けるわけにはいかないだろうという結論に至った。スピアー家に期待されているのは闇の魔術の使い手となること。跡取りとなるグラジオに教えないという手はない。そもそも教えないようにしたことがバレたら父が怒《おこ》って私をクビにして別の家庭教師を呼んで教え込んでしまうことだろう。

（そうじゃなくて、ちゃんとグラジオを立派に育てあげて！　悪魔なんかに魅了《みりょう》されないようにしなくちゃね！）

ふん、と私は改めて気合を入れた。

さて、私がグラジオの先生役になって数ヶ月が経過した。グラジオの指導はかなり前進している。

最近のグラジオの変化はというと……私のことを『姉さん』と呼ぶようになった。

前は『お姉さま』と畏《かしこ》まって呼んでいたけれど、距離《きょり》が近づいてきたようでなんだか嬉しい。その呼び方の方がグラジオらしい気がした。

（そういえば、ゲームのグラジオも『姉さん』呼びだったかしら）

だから、こっちの呼び方のほうがらしさを感じるのだろうか。

ところで、話は変わるが、実は私は、『ナイフ』が苦手だ。というのも前世の私の死因がナイフだったからである。当然、こんな食卓用の小さいナイフではなくて、そこそこゴツめのナイフで刺されたわけだけど。それでも、食卓で使う用のナイフにも私は一瞬恐《きょう》怖《ふ》心を抱いてしまう。ゆえに相応の覚悟を決めてから、ナイフを摑《つか》むに至る。

まさに今、私はダイニングで、おナイフ様に直面していた。

（……ふう）

私は深呼吸をひとつしてから、ナイフに手を伸ばす。

「……姉さん？」

その不自然なルーティンに気がついたらしいグラジオが控《ひか》えめに私に声をかける。

「姉さんにも自信がないことがあるの……？」

「え？」

振り向くと、グラジオは目を丸くして私を見ていた。

「ナイフを持つとき、いつも緊張してるよね」

「うっ、き、気づいていたのね」

「おれ、姉さんのことはよく見てるから」

グラジオはわずかに口元を緩めて微笑んだ。この子、こんな表情もできるようになったのね！　なんて感慨深《かんがいぶか》くなってしまう。

「……ちょっとね、ナイフが怖いの。こんな小さいナイフじゃろくな怪我《けが》はしないってわかってるんだけど、どうしても」

「そうなんだ。……マナーに自信がないんじゃなくて、ナイフが怖いんだね」

グラジオは不思議そうに小首を傾《かし》げながら言う。

「そ、そうなるわね。でも、いつもナイフを持つと緊張しちゃうから、余計な力が入ってお肉を切るのにも失敗しちゃいそうで怖いのはあるかも」

「ふうん」

わかるような、わからないような、という雰囲気《ふんいき》でグラジオはきょとんと私を眺めていた。そして、「そうだ」と不意に目を輝《かがや》かせる。

「姉さん、おれが姉さんのお肉を切ってあげようか」

「えっ⁉」

驚いたのはグラジオの提案にか、私の大声にか、お父様とお母様が「え⁉」というお顔で私たち二人を振り向く。

「そ、それは大丈夫よ、もしもどうしてもダメなときはウエイターにお願いするわ」

「どうしておれがしてはいけないの？」

「いやあ……それは……。あまりマナーとしてよろしくないというか……」

「……おれにお肉を代わりに切ってもらってたら、姉さんは恥ずかしい？」

　眉を下げて、赤い目をわずかに潤《うる》ませながらグラジオは上目遣いに私を見る。

（えええええ、意外とこの義弟、グイグイくる！　こういうときどうやって返せばいい⁉）

　完璧《パーフェクト》悪女アルメリアであれば、そつのない対応ができただろうか。いやだめだ、悪女アルメリアだとオーバーキルで拒否《きょひ》ってしまう。グラジオを否定するわけでなく、スマートに納得《なっとく》させるには、どうしたら。

　脳内ではグルグルしつつ、私は平然とした表情を作り、軽く咳払《せきばら》いをしてから落ち着きはらって口を開いた。

「苦手なことがあっても、自分がしないといけないこともあるの。食事は毎日の生活で必要なことでしょう？　それを他人に頼《たよ》りきりじゃいけないわ」

「ウエイターに頼むのはいいのに？」

「ウエイターはそれが仕事だし、自分の判断で『できない』と思ったことを然《しか》るべき人にお願いするのは真っ当なことだと思う。けれど、自分の近しい人に頼り切り、っていうのはちょっと違うと思わない？」

　私なりに懸命に語るが、グラジオにはピンとこないらしい。

　この辺りの感覚は……言語化が難しい。それに加えて、グラジオはまだ幼い。

「まあ、私は……ちょっとナイフは怖いけど、でも、ちゃんとナイフを使えるから。自分でできることは自分でしたいの。だから、グラジオ、あなたの助けはいらないわ。あなたの好意は嬉しいけどね」

「……おれ、一生姉さんのお肉切ってあげてもいやじゃないけど」

グラジオがキラキラした目で言う。

「えっ⁉ い、いや、それは……」

そんなこと言われるとなおさら頼みにくいが。

（うーん、まあ、子どもの言うことだものね……）

ふっ、と私は目を閉ざした。このくらいの子は、すぐに『一生』とか言いたがるものだ。

そんなに、気にするべきことじゃ——ない。

……はず。

とりあえず、今日のところはそんな感じで話は流れた。その日以降、ナイフを使うメニューがくるとグラジオがじっ……と見てくるようになったけど。

（結構この子、諦《あきら》め悪いタチね……）

なんて思いながら。

さてはてそれからまた後日。レッスン後、解散となるところで、いつになくもじもじとしたグラジオに声をかけられる。

こんなことはいままでになかったので珍しいなあと思いつつ、「どうしたの？」と優しく返す。

グラジオはしばらく逡巡《しゅんじゅん》した様子を見せたのちに、おずおずと上目遣いに口を開いた。

「姉さんのように高貴な女性とお近づきになるにはどうしたらいい？」

「……まあ！」

思わず「あらあらあらあら」とニヤけてしまう。

（グラジオがそんなことに興味を持つようになるなんて……!!）

ニヤケづらを抑《おさ》えて、私はドン！　と胸を張る。

「ええ、まかせて！　そうね、グラジオ。あなたはとってもお顔がいいから、それだけでも加点は固《かた》いでしょうけど、女性は容姿だけで人を好きで居続けることはできないわ。普段からの立ち居振る舞いが大切よ」

「はい！　姉さん！」

いつになく眉をはっきりとあげてグラジオは頷く。うんうん、ずいぶんとやる気があるようだ。よいことよいこと。

「いつもにこやかに、相手を尊重して穏《おだ》やかでいるのは基本ね。グラジオだって、いつも不機嫌《ふきげん》で、何を話しかけても揚《あ》げ足《あし》をとられたり、嫌な態度で返されたらいやでしょう？」

「うん、姉さんにそんなふうにされたら寝込む。というか、寝込んだよ」

「……ごめんなさいね、本当に……」

してたわね、前世の意識が戻る前の私《アルメリア》。

「わ、私の場合は、嫉妬してそんな態度を取ってしまっていたんだけど……。好きな相手でも、その人に対して拗《す》ねたり、ムキになったり、嫌な態度をとりたくなるときはあるかもしれない。でも、そういうときは相手に相談できることはちゃんと話し合ったり、すぐに解決できるようなことじゃないときは少し距離を置いたりして、あまり相手に『嫌な態度』を押し付けないようにしたほうが、私はいいと思うわ」

負い目もあってつい長々と話してしまったけれど、グラジオは真面目に聞いて、頷いてくれた。

「……うん、わかった。なるべくなんでも姉さんに言うようにする」

「私に？　そうね、私に一度話してみるのもいいかもしれないわね」

グラジオの恋愛相手の悩み事に私がうまく対応できるか、正直自信はないけれど……かわいい弟に頼られたのなら、頑張るしかないだろう。

ちょっとこの年齢《ねんれい》の男の子には難しいことを言ってしまったかな、と思うが、グラジオは真面目な顔で真剣に聞いてくれているようだった。

「姉さんはどういう人が好きなの？」

「え？　私？」

なるほど、近しい身内の好みから女子全般《ぜんぱん》的なウケを探りたいのか。

でも、「どういう人が好みか」と聞かれると、なかなか難しい。前世じゃ社畜極《しゃちくきわ》まりすぎて自分が恋愛するとかそんな気持ちの余裕はなかったし。その代わり、ストレス解消で乙女ゲームにのめりこんでいったけど……。

（そうだなあ、私は自己投影型のスタイルじゃなかったけど、でもやっぱり大好きなヒロインのお相手って考えたら、結構好みはあったわね）

粗暴《そぼう》ワイルドキャラでもあんまりにも横暴で自分勝手なキャラ造形だとちょっと「うーん」ってなったりとか、ツンデレ系とか傲慢俺様《ごうまんおれさま》系でも相手への思いやりが足りなすぎると「お前にヒロインは任せられん」ってなったりとか。

そのあたりの好みを話したらいいかしら、と私は「よし」と口を開く。

「私はやっぱり自分のことを好きでいてくれて、好意は素直《すなお》に表してくれる人がいいわね」

「好意は素直に……」

「さっき言った話とかぶるけど、せっかく好きでいてくれても見栄《みえ》を張られたり、ツンデレ……じゃなくて、照《て》れ隠しでいじわるなことを言われたら嫌だわ。自分のことを大切にしてくれそうって思える人が私はいいな、って思うけど……」

「……わかった」

グラジオは神妙《しんみょう》な面持《おもも》ちで頷く。

「他には？　見た目とか、こういうことをしている人、とか」

「うーん、見た目は……清潔感があればこだわらないけど……。仕事も、自分の仕事に責任感をもって取り組んでいるのなら、どんな仕事でもいいと思うし」

やっぱりかわいいヒロインを任せるなら、手に職を持っている人間のが安心できるな、というのはあった。たとえそれがどんな仕事であっても、真面目に取り組んでいるのなら信頼度は高い。風来坊《ふうらいぼう》系のキャラもロマンはあるんだけど、ちょっとそれはまたジャンルが違うというか。

「本当に？　なんにもないの？　かっこいい人がいいとか、そういうのもないの？」

「ええ」

初見ピンと来ないキャラでもシナリオクリアすると一気にドはまりして推《お》しになるとかあるあるだし、そこまで見た目は重要ポイントじゃないのよね。個人的には。

「……俺みたいな、赤い目でもいいの？」

不安げにおずおずと聞いてきたグラジオにピンとくる。

わざわざ容姿の好みについて聞いてきたのはそれ《赤い目》を気にしてのことか、と合点する。

よしよし、これについてはヒロイン推し乙女ゲーマーじゃなくて『私』として回答せねばだろう。

「そうよ。前も言ったでしょう？　私、あなたのその赤い目、とってもきれいで好きよ。他の人たちだってきっとそうよ。それよりも、あんまり自信のない態度でいたらそのほうが気になるわ！　グラジオ、あなたはむしろとっても見た目がいいんだから、堂々としてたらいいの！」

「そっ、そう？」

うんうん、と頷く。グラジオはあまり納得いっていないようで小首を傾げつつ、でも、最終的には「わかった」と答えた。

「他に気をつけたほうがいいこととかある？」

「そうね……。相手の変化に細かく気がつけるといいかもしれないわ」

「変化？」

「ええ、いつもと違う髪型《かみがた》をしているとか、化粧《けしょう》をしているとか……化粧の見分けは難しいかしらね。服装、アクセサリー、顔色や容姿の変化に気づいて、声をかけられると嬉しく思う女性は多いはずだわ」

「なるほど……」

「あとは基本的なエスコートがちゃんとできてればグラジオなら問題ないんじゃないかし

ら」

　グラジオの顔がやや不安げになる。

「……おれに、できるかな」

「できるわよ！　今も毎日マナーレッスンをしてるでしょう？　グラジオは物覚えがいいから大丈夫よ」

「姉さんが教えてくれるからだ。でも、姉さんに認めてもらえるくらいになれるか自信が……」

「私はもうあなたのことを認めているわよ、グラジオ」

「………」

　赤い目でじっとグラジオが私を見る。私はゆっくりと深く頷いた。

「不安なら私がいくらでも付き合うわ。グラジオが胸を張って、好きな人の隣《となり》に居られるように」

「姉さん……」

　言うと、グラジオは瞳をキラキラとさせ、ますます熱心に私を見つめた。私は再び強く頷く。

「おれ、がんばるね、姉さん」

「ええ！　応援《おうえん》しているわ！」

グラジオ、もう気になっている異性がいるのかしら。考えたらなんだかあんまりにもかわいくて微笑ましくて笑顔《えがお》になってしまった。

二章　円満婚約破棄を目指します！

さて、とうとうこの日が来た。今日は王宮主催《しゅさい》のパーティーに参加する。そう、王太子の婚約者《こんやく》として。

今日の私は着付け担当の侍女《じじょ》に頼《たの》み込んで、ゴテゴテに着飾《きかざ》りまくりにしてもらった。そのほうが、王太子殿下《でんか》に嫌《きら》われる予定の悪女アルメリアっぽいからである。

「お嬢様《じょうさま》は元々お顔立ちがハッキリしておりますし、年齢《ねんれい》的にも、お化粧《けしょう》はもう少し控《ひか》えめのほうが……」

「いいえ、いいの。今日はもりもりに盛っちゃってちょうだい」

「は、はあ……」

最近はおとなしいとはいえ、苛烈《かれつ》を絵にかいたような悪女アルメリアに怯《おび》えのある侍女は強請《ねだ》られては逆らえないのか、ちょっと言えば言うことを聞いてくれた。

まつ毛ばしばしし、濃《こ》い紫《むらさき》のアイライン、ドレスもフリルにレースにバッスルモリモリスタイルにした。ドレスの装飾《そうしょく》、アクセサリー、すべて流行《はや》りのものをこれでもかと盛り込みまくり。ゴテゴテの足し算だけで仕上げたコーデでも、それなりに見れるのだから、アルメリアのルックスの良さはすごい。

引き気味の侍女を後目《しりめ》に、私は玄関《げんかん》に待たせている馬車に向かおうと、部屋を出て大階段に向かった。

「……姉さん」

大階段の下には、情けない顔をしたグラジオがいた。

（なんてしょんぼりとした顔を……。私がこんな悪趣味《あくしゅみ》上等のゴテゴテなせいかしら……）

弟を傷つける意図はなかったのだけど、そんな顔をさせてしまうとは。胸が痛むわ。

ごめんなさい。いつもの私とは違《ちが》う、変わり果てたゴテゴテコーデだけど、今日はこれで行かないといけないの。

「姉さん、行っちゃうの？」

「ええ。私は王太子殿下の婚約者ですもの、欠席するわけにはいかないわ」

「……」

悲しそうな様子の弟の頭を優《やさ》しくなでる。

（ごめんね、仕方のないことなの。私は今日、このゴテゴテコーデで王太子殿下を「うわあ……」と言わせないといけないのよ……！）

帰ってきて、ドレスを脱《ぬ》いで化粧を落としてシャワーを浴びたら、いつものあなたの姉さんに戻《もど》るから……！

「姉さん、行かないでほしい、です」

「グラジオ……」

グラジオは、ぎゅうと、服の裾《すそ》を摑《つか》んで俯《うつむ》き、ますますいじらしい。

「ずっとおれのそばにいてほしい……」

（お姉ちゃんがいなくなるとさみしいなんて！　……かわいい……）

まさかこんなに懐《なつ》いてくれていようとは。思わず瞼《まぶた》が熱くなる。

グラジオをぎゅっと抱《だ》きしめる。グラジオもぎゅううっと抱き返してくれた。なんだこのかわいい生き物。こんなに抱きしめたら、化粧の粉がグラジオについちゃうかな、なんて気にしてられない。

「姉さん、行かない？」

「いいえ、行くわ。でも、早く帰るようにする。約束よ」

「……わかった、じゃあ、もっとぎゅっとして」

言われたとおりにぎゅううっとグラジオを抱き締《し》める。まるで今生《こんじょう》の別れかのように私たちは抱き合った。

そして、馬車に揺《ゆ》られて到着《とうちゃく》したのは王宮。まず、私は王宮に設けられた支度《したく》室のひとっくに通された。

これから王太子殿下が迎《むか》えに来るから、しばらくここでお待ちくださいとのことだった。

（はあ……とうとう、王太子殿下……サイラス様とお会いするのね）

円満に嫌われる作戦、いかようにしたものか。

私自身、社交の雰囲気《ふんいき》は苦手だし……。となれば、『壁《かべ》の花』にでも徹《てっ》するべきか。

本来、このような社交の場では、貴族同士は積極的に交流を持つべきである。だがしかし、あえてそれをしない。来るものが来れば拒《こば》まないが、自ら愛想《あいそ》よくは振《ふ》る舞《ま》わない。

ゲーム中の彼が嫌っていたタイプの『生まれつきの身分にあぐらをかいて自分では何もしない怠惰《たいだ》な女性』のように振る舞おう！

（それなら私にも、できるかも！）

あんまりにもあからさまに変な態度をとるのはやっぱりハードルが高いし、『壁の花』くらいでなんとかなるのなら、なんとかなってほしい。

よし！　と気合を入れていると、ノック音が響《ひび》いてきた。

はい、と返事をすると、ゆっくりと扉《とびら》が開いていく。

「やあ、アルメリア。久しぶり」

「……ごきげんよう、サイラス様」

そして現れたのは、にこやかに微笑《ほほえ》む黒髪《くろかみ》の美少年。この少年こそが、王太子・サイラス。ゲームではメインヒーローとなる人物である。

（わー、サイラス様の幼少期はスチルがあったから知ってるけど、リアルに見るとそれ以上にかわいいお顔の超《ちょう》美少年……！）

ダウナー寄りのグラジオとは違う、正統派美少年の顔つきに思わず圧倒《あっとう》される。

二重線のはっきりしたタレぎみの青い瞳《ひとみ》、基本口角が上がった微笑み顔。『王子様』のイメージにふさわしい優しい顔つきの美少年である。背後からキラキラの後光が差し込んできているような錯覚《さっかく》がしてくる。

「すごくめかしこんできてくれたんだね」

「ええ、気合を入れてきましたわ」

「ふーん」

私のゴテゴテコーデに、なんともいえない無難なコメントをしてくださる。内心で「ないわー」って思ってくれているといいのだが、なんとも読み切れない。

サイラス様は微笑み型ポーカーフェイスキャラなのだ。このお年の時からそうなのかあなどと思ってしまう。

「僕たち、婚約者となってから会うのは初めてだね。話は聞いている？　会場には一緒《いっしょ》に入場するよ。そして今日集まってくれたみんなに一通り挨拶《あいさつ》を終えたら、あとは好きにしてもらって構わないから」

「は、はい」

流れ作業的に一緒に挨拶回りをするのは、まあ、なんとかなるだろう。勝負はそのあとだ。

「スピアー公爵《こうしゃく》の娘《むすめ》であっても、緊張《きんちょう》はするんだね」

「あっ……し、失礼しました」

私の眉間《みけん》のしわを見てか、サイラス様はクスリと笑いながらそんな風に呟《つぶや》いた。

「構わないよ、意外と普通《ふつう》なんだな、って思っただけ。どんな子なんだろう、って思ってたけど……」

目を細めながら、サイラス様は言う。ハッ、と私は慌《あわ》てた。

（『意外と普通』って……安心されたら、ダメじゃない⁉）

意外と普通なんだ！　よかった！　王太子妃《ひ》にちょうどいいね！　と思われては、まずい。

（こ、これは、気合を入れて……『王太子妃にはムリムリ！　婚約者にはムリムリ！』って思ってもらえるように振る舞わないとダメなのでは⁉）

顔色を青くしつつも、私は決戦を覚悟《かくご》した。

サイラス様にエスコートされて、会場に入る。王太子と婚約者の登場ということだけあって、会場内の注目をビビッと集めたのがよくわかる。

「……やっぱり緊張してる？」

「いえ！　そんなことは！」

人から注目を浴びることが苦手な前世の性格を引きずっている私は思わず怯《ひる》んでしまったのだが、腕《うで》を組むサイラス様にすぐにバレてしまい、慌てて誤魔化《ごまか》した。

（こんなことでビビってはダメ！　今の私は、今だけは悪女アルメリアをトレースしないと！）

サイラス様にちょうどいい感じに嫌われる、興味を失わせるのが本日の目標なのである。悪女アルメリアならば自然とそれができていた。ならば、アルメリアトレーシングを完璧《かんぺき》にこなせれば、おのずと目標は達成できるはず。

（私は高慢《こうまん》チキで他者への思いやりが欠けた悪女……思いつきでとんでもないことをして人を傷つけることを厭《いと》わない悪女……。……でも、人様に迷惑《めいわく》をかけることは避《さ》けたいわね……偉《えら》そうぶるところだけでなんとかならないかしら……）

ちょっと日和《ひより》つつも、気合を入れる。

『意外とこういう時にビビっちゃうんだ～普通の女の子なんだね～、それ、いいね！』という感じにだけはならないようにしなければならない。

ゲーム中のサイラス様は、優等生な王子様だけど、代《か》わり映《ば》えのしない毎日に退屈《たいくつ》をしていて、刺激《しげき》を求めていた。そんな中、平民の出自のヒロインと出会い、彼女の天真爛漫《てんしんらんまん》さに惹《ひ》かれて恋《こい》に落ちる……というシナリオだった。要所要所で選択肢《せんたくし》が出てきてそれによって好感度が変わるのだが、いわゆる『あざとい女』系の選択肢《せんたくし》は好感度が下がり、『奇想天外《きそうてんがい》だけど素直《すなお》』な選択肢を選ぶと好感度が上がるタイプだ。

「……王太子殿下、ごきげんうるわしゅうございます。この度《たび》は婚約者が決まられたとのこと、まことに……」

（きたっ！　ご挨拶だ！）

内心『こういう社交とか本当苦手なんだけど！』と喚《わめ》く前世の私を押し潰して、私は眉《まゆ》を上げて不敵な笑《え》みを浮《う》かべて見せる。

中年貴族のおじさまにニコニコ対応するサイラス様。それに続いて、私は優雅《ゆうが》にカーテシーをキメてみせる。サイラス様より前に出て目立とうとするちょっと空気読めない系婚約者のロールプレイである。

「初めまして、アルメリア・スピアーでございます。どうぞよろしくお願いいたします」

「スピアー家のご令嬢《れいじょう》はまだ幼《おさ》なくとも美しい妖精《ようせい》のようと聞いておりましたが、いやはや、たしかに……うん？」

大体この手のパーティーではドレスや身につけている装飾品を褒《ほ》めておくのが無難な流れである。

（ふふ、私の足し算しかないコーデをどう褒めてくださるのかしらね！）

きょとんとした顔のおじさまに、「あああさすがにセンスなしにゴチャゴチャしすぎたかしらごめんない」と泣きたい気持ちになりながらも胸を張って、見栄《みえ》を張る。今の私は空気読まない系婚約者・アルメリアだから。

本当にこれでよかったのか……？　と我ながら困惑《こんわく》している私に、おじさまはなぜか感嘆《かんたん》の息を漏《も》らした。

「それはもしかして、『アスビスの青』ですかな」

おじさまは私の着ているドレスの裾を指さしながら言う。

「ええ、その通りですわ」

以前流行していた青色の染色《せんしょく》が毒性の強い染料《せんりょう》を使っていたと判明し、その時の鮮明《せんめい》な青を安全性が保障された素材で再現できないかと試行錯誤《しこうさくご》の末にいきついたという近年開発されたばかりの青色の染色材である。

「この青色には、どうしても以前の毒性のある染料のイメージが強くて、せっかく素晴《すば》らしい染色ですのに忌避《きひ》されていると伺《うかが》って……これはぜひ、積極的に使いたいと思いましたの」

「おお、そうでしたか。それはありがたい、スピアー公爵家のご令嬢で王太子殿下のご婚約者がご愛用となればよい宣伝文句となります。私の領地でその染料の素材を作っておりましてな……」

「ええ！　存じております！」

あえてお行儀《ぎょうぎ》悪さを演出するために食い気味に言う。

「以前の素材が使えれば低コストでできましたけれど、今の染料と染め方では製造にかなりコストがかかっているのでしょう？　それなのになかなか評価されない現状がもどかしくて……」

「そんなふうにおっしゃっていただけるとありがたいです。いやはや、職人たちにも公爵家のご令嬢が気に入っていたと話したらやる気が出ますよ」

ひとしきり染料の話で盛り上がると、満足げに微笑みながら、中年貴族なおじさまは去っていった。

「……ふうん、君、そういうの興味あるんだ」

しげしげとサイラス様が呟く。

「私、流行を追うのが好きですから」

私としては嘘《うそ》なんだけど、悪女アルメリアはそうだったので、半分は嘘じゃない。謙遜《けんそん》せずフフンとドヤ顔で答えると、サイラス様はなんだか真面目な表情をなさった。どういう意図の表情なのかは読み取れない。

（流行好きの浪費癖《ろうひへき》のあるお嬢様認識《じょうさまにんしき》でいってくれたらいいんだけど……）

その後も、サイラス様と一緒にいろんな地方の貴族の方々に挨拶していく。

「……ん？　もしかして、そのシルクは……」

「あっ、そうですわ、こちらはあなたさまの領地特産のシルクを使用しましたの。最近とっても評判がよかったものですから」

オホホホと成金《なりきん》ムーブをする。いや、スピアー家は成金じゃないけど。

「ドレスの仕立てをしてくださった職人の方も、とても加工がしやすい良品だとお話ししておりましたわ。着心地《きごこち》もよくて、本当にすばらしいです」

「いやはやこれは……ありがたいですなあ」

ひげを撫《な》で、おじさまはにこやかに微笑む。

すりよりやおだてるためにしたわけではないけれど、喜んでもらえるなら私も嬉《うれ》しい。

和《なご》やかにおじさまと別れて、また別のマダムやおじさま方に「もしかしてその髪飾《かみかざ》りの宝石は！」「そのレースの意匠《いしょう》は！」「ブローチは！」と続々声をかけていただく。

（やっぱりこういうコーディネートって会話のきっかけにしやすいわよね）

そういうつもりでしたわけではないのだが、向こうからどんどん話してくれるからこちらとしては気が楽だ。

生来の私は、こういう社交の場が本当は大の苦手だから。恐《おそ》る恐るで会話と腹を探《さぐ》り合うやりとりをするよりも、向こうから乗り気でどんどん話を振ってもらえると助かる。

ご挨拶の波が去って、しばらくしてからサイラス様がぽつりと呟く。

「……なるほど、今日招待していた貴族たちの各地の名産品を盛り込んだコーディネートだった、ってわけ？」

「いえ？　それは意図したわけではなくて、たまたまですわ。取り寄せたカタログを見てたらどれも素晴らしいものばかりでしたから、どんどんどんどんと盛り込んだらこうなっただけで」

本当にそういう流れだったので素直にそう言えば、サイラス様は「ふーん」とこれまたなんともいえない反応を返してきた。

（――え、うそでしょ、やめてよね。『ゴテゴテコーデと思ってたのに、そういう意図があったんだ。まあまだこの年じゃ引き算のセンスはないだろうからゴテゴテもしょうがないよね。ふーん、意外とやるじゃん』みたいなふうに思うのは）

なんだか嫌《いや》な予感がしてきて、顔が引きつる。

「そっ、そろそろ、みなさんにご挨拶はできましたかね⁉」

「そうだね。君も疲《つか》れただろうから、あとはゆっくり過ごしてていいよ。僕も普段《ふだん》会わない叔父《おじ》さんとかとゆっくり話してきたいし」

「そうですか！　では！」

うん、とサイラス様は軽い調子で手を振って、解散を了承《りょうしょう》してくれた。雲行きの怪《あや》しさに、私は逃《に》げるようにサイラス様の元から消える。

いけない。仕切り直さねば。『こいつ、婚約者にしとくのは無理だわ』にならなくては。

(よし、今日の作戦は……)

彼が嫌うタイプは『生まれつきの身分にあぐらをかいて、自分では何もしない怠惰な女性』。たいしたことはしないで偉《えら》そうにふんぞり返っているアルメリアのことを、彼は好ましく思っていなかった。

(偉そうな顔して、給仕《きゅうじ》にアレコレ指図して壁際《かべぎわ》でなんにもせずふんぞり返るわよ！)

そういうわけで、サイラス様と解散後、私はひたすら給仕を呼びつけては雑用を頼み、眉を神経質にあげ偉そうな顔つきで会場を睨《にら》み続けた。たまに話しかけられても塩対応だ。スピアー公爵家の評判が落ちるかもしれないが——まあ、元々のアルメリアも傍若無人《ぼうじゃくぶじん》な振る舞いをしてめちゃくちゃやってたけど、ゲーム中のスピアー家はそれでもそこそこうまく回っていたから、いいだろう。ちょっとぐらい。

背中に壁でくつろいでいると、ふとあることに気づく。

(あの子……セクハラされてない？)

あの子、といってもアルメリアよりも年上だ。今のは前世の私に引きずられて出てきた言葉だ。

栗色《くりいろ》の柔《やわ》らかそうなロングヘアの少女が、赤ら顔の男に腰《こし》を抱かれて困った顔をしている。それだけに飽《あ》き足《た》らず……ちらっ、ちらっと、触《さわ》っているか触っていないか微妙《びみょう》なラインでお尻《しり》やふとものあたりに手をやっていた。人ごみに紛《まぎ》れていることもあり、よほど注視していなければ気がつかないだろう絶妙《ぜつみょう》さだ。

（王宮主催のパーティーでなにやってるのよ！）

しかし、まだ彼女らの関係がわからない。なんらかの交友関係があるにしても、こんなふうにこのような場で一方的な身体接触《せっしょく》をするのは好ましくないが、まだ、遠目にはわからない。憤《いきどお》りを抑《おさ》えて、私は壁から離《はな》れてそっと彼女らに近づく。

「……っ」

青い顔で俯く少女。お名前は……たしか、メアリ嬢だ。ありがたいことに、聡明《そうめい》なアルメリアにはこの国の有力貴族の顔と名前が大体インプットされていた。顔を見ればだいたいどこの誰《だれ》かわかる。

メアリ嬢の腰を抱くのは、クローゼ伯爵《はくしゃく》の第二令息殿《どの》である。王宮のパーティーに招待されるような家柄《いえがら》同士、交友関係はあっても不思議ではないが、しかし。

（明らかにメアリ嬢は迷惑そうな顔をしている）

私はわざとヒールの音をさせて二人にいっそう近づいた。

「ごきげんよう、メアリ様、なんだか浮かないお顔をされているようですが？」

「……！　あっ……ア、アルメリア様。ご機嫌《きげん》うるわしゅう」

びくりと大袈裟《おおげさ》に肩《かた》を揺らしてメアリ様が反応する。

「ずいぶんと仲がよろしそうでしたわね？　お二人はそんなに仲良しでしたの？」

「あ……」

困ったようにメアリ様は目を逸《そ》らす。たいして、クローゼ伯爵第二令息のお坊《ぼっ》ちゃんは私を迷惑そうに睨んだ。

「おや、スピアー家のお嬢様は下位貴族の交友関係には明るくないのですかな」

（公爵家ご令嬢にして王太子の婚約者にすっごい口叩《たた》くなあ）

思わず現代ナイズドにげんなりする。息も酒臭《さけくさ》い。よほど酔《よ》っているらしい。

「ええ。ですから、教えてくださらない？　メアリ様って、お父上がとっても厳しくて、婚約者もまだ慎重《しんちょう》に吟味《ぎんみ》中というじゃない？　こんなふうにみだりに身体《からだ》を寄せ合う仲の殿方《とのがた》がいるだなんて、信じられませんわ」

言うと、なぜか男は嬉しげに鼻の下を伸《の》ばした。よもや、まだいい相手が決まってないなら自分がとか思い込んでいるんじゃなかろうな。

「あ、そうだ。メアリ様。会場のどこかにお父様がいらっしゃるのではなくて？　私、お呼びしてきましょうか」

「えっ、あ、その……」

「ごめんなさい、私、見ての通り子どもですから、この方、私じゃ怖《こわ》くないみたい。ここはやっぱり、大人を呼ぶべきですわ！　誰かーっ！」

戸惑《とまど》うメアリ嬢を尻目《しりめ》に、私は大声を出す。もともとスピアー家の苛烈わがままお嬢様で通っていたのだから失うものもたいしてない。ついでに王太子殿下に「下品で無作法な子だなあ」と思わせられればむしろ僥倖《ぎょうこう》である。

「あらあなた、目が合いましたわね！　こちらのメアリ嬢のお父上、ハロルド・タッセル様はどちらに⁉」

「あっ、タッセル子爵《ししゃく》でしたらあちらの会場中央近くのテーブルのほうに……」

「まあまあまあ、ごめんなさい、お手間かけますけれど、よろしければここに呼んできてくださいません？　……いえ、もしかしたら騒《さわ》ぎを聞きつけて、むこうからこちらに気づかれるかしら」

お噂《うわさ》通りの過保護ぶりならば、あるいは――と思っていると、そのとおり、お父上が顔を怒《おこ》らせてこちらにやってきたようだった。

「あ、こ、これはタッセル子爵……」

慌ててお坊ちゃんがメアリ嬢の腰から手を離す。だが時すでに遅《おそ》し、だ。

「これはクローゼ伯爵ご令息、うちの娘に何を……？」

「あっ、いえ、お酒に酔われていたのでちょっと介抱《かいほう》を……」

お父上の登場にも往生際《おうじょうぎわ》悪くお坊ちゃんは真っ青な顔で弁明しようとして、メアリ様に「話を合わせろ」とばかりに目線を寄越《よこ》していた。

「いいえ、メアリ様はお酒なんて飲んでらっしゃいませんわ、ねえ、メアリ様？」

「は、はい。……その……」

話を合わせる必要などない、と私が促《うなが》すと、おずおずとメアリ様は頷《うなず》く。けれど、いまいち歯切れが悪い。

「メアリ様、心配はいりませんわ。いくら子爵家よりも身分が上とされる伯爵家といえども所詮《しょせん》はたかが令息です。身分をカサにあなたを脅《おど》せるような人物ではありませんわ！」

「！」

メアリ様自身に非はないはずだから、堂々と言ってやればいい。私が後押《あとお》しすると、ハッとした表情でメアリ様は令息坊ちゃんと父親を交互《こうご》に見やり、深い頷きを見せた。

「きゅ、急に声をかけられて、困ってましたの。二人でゆっくり話したい、どこかに行かないか、と……。お父様はそばにいらっしゃらなかったし、騒ぎにしたらお父様に迷惑が、と言われて……」

「やだ、そうでしたの。ごめんなさいね、騒ぎ立ててしまって。私、世間知らずなスピアー家の娘なもので」

さっきお坊ちゃんに言われた嫌味《いやみ》通りにとぼけて言ってみせる。

「周りの皆様《みなさま》もごめんなさい、メアリ様は事を荒立《あらだ》てたくなかったのに、私ったら。どうかメアリ様のためにもこの騒ぎは忘れてくださいね？」

かわいらしいしなと声を作って、ざわめく周りの人たちにお願いする。

「ご令息も……どうかメアリ様のことはお許しになってくださいますわよね？　私が騒いだだけですので」

「ぐっ……」

「まあ私も騒いだだけですので、恨《うら》まないでくださいね？　なんにもやましいことがなければ問題なかったんですものねえ」

いけしゃあしゃあと言ってのける面の皮の厚い私を、お坊ちゃんはギリギリと歯軋《はぎし》りをして睨む。

（この程度のイキリなら学校にいた不良Aと同じくらいだから怖くないわよ）

ちょっと懐かしささえある。

いやあほんとに、これくらいならかわいいのよ。これくらいなら……これくらいで収まらない連中がかなりの割合でいるから、私は……。いややめよう、過去を思い出して胃を痛めるのは愚行《ぐこう》だ。大事なのは、今！

「こっ、この……噂通りのスピアー家の厄介《やっかい》お嬢様め……!!」

「はい、お騒がせして申し訳ありませんわ。あとはごゆっくり。お父様もいらしたみたいですしね？」

お父上であるタッセル子爵にそっと目くばせする。タッセル子爵は重々しく頷いて見せると、ギロリとイキリお坊ちゃんを睨みつけた。

お坊ちゃんはこれはもう逃げられないと察したのか、ただでさえ血色の悪くなっていた顔色がますます青色になっていた。

「……い、いえ、その、以前からかわいらしいお方だと思っていて、せっかくお会いしたのだからお近づきになりたいと……思っただけでして……」

「それならばもっとふさわしい近づき方があるだろう。見たぞ、娘が青い顔で貴様に腰を抱かれているのを……もう少し詳《くわ》しく話を聞かせてもらおうか」

ここで、会場の警備で巡回《じゅんかい》していた王宮の衛兵が二人の間に入る。別室でゆっくり話し合うことになったようだ。

少々ざわついたホールも、彼ら二人の退室で落ち着きを取《と》り戻す。

さて、と私も一呼吸ついてから、渦中《かちゅう》の人であったメアリ様に声をかけた。あんなことがあったあとなので、メアリ様はお父上のお知り合いのおばさまにそばについてもらうことにしたらしく、彼女の隣《となり》には上品な長身の女性がついていた。

「本当にごめんなさい。こんなことで注目を浴びたくはなかったですよね、お恥《は》ずかしい思いをさせてしまいましたわ」

「そんな……！　とんでもないです、わたし、どうしたらいいか、頭が真っ白になってしまって……ありがとうございました」

　メアリ様は首を何度も横に振って「とんでもない、ありがとうございます」と繰《く》り返《かえ》した。

「アルメリア様は、堂々とした方なのですね。わたしも見習いたいです、いままでも……年上の男性から過剰《かじょう》に接触されることが実はあって……でも、わたしの勘違《かんちが》いかもしれないし、事を荒立ててはその方やお父様に迷惑がかかるのでは、と、なかなか言えなくて……」

「今日が初めてじゃなかったの？」

　少し驚《おどろ》いて問いかけるとメアリ様は「あ」と口元を押さえて、苦笑《くしょう》した。

「……そ、その、今日ほどしつこいことはありませんでしたが……。なんだか変だな、くらいで。でも、その時からちゃんと周りに相談していればよかったんですよね」

　……もしかしたら、ワルっぽい令息仲間繋《つな》がりで『あの子はちょろい』とかタゲられてた可能性があるかもしれない。なんてことをほんのり思う。

（後であのお坊ちゃんの交友関係調べさせてみよ。この世界、女の子の立場が弱いんだから、それをいいことにイタズラしようとしてるやつらとか許せないわ）

　ゲームなので本物の中世ほどではないけれど、世界観のエッセンスとして男尊女卑《だんそんじょひ》の傾《けい》向《こう》がこの世界にはあった。アルメリアも女だからという理由で家を継《つ》げなかったし。

　ゲームシナリオ中にストレスを感じるほど男尊女卑世界が描《えが》かれることはなかったけれ

ど、現実としてこの世界に生きていると、要所要所で男尊女卑を感じることはままあった。

声をかけたのは私だけれど、このままメアリ様と一緒にいるとずっとぺこぺこされてしまいそうだったので、早々に「失礼致《いた》します」とそばを離れる。

「やあ」

そして、再び壁の花に返り咲《ざ》こうと壁にもたれかかろうとしたところで、高い声に呼びかけられる。

振り向《む》くと、そこには黒髪の美少年――。

「ひっ、サイラス様!?」

「さっきまでずーっとここにいたから、事態が落ち着いたらここに戻ってくるかなって待ってたんだ。おかえり」

「か、壁の花にお気づきでしたか……」

「君は僕の婚約者なんでしょ？　それなら相応の注意は払《はら》うよ」

注意、そうよね。ただでさえトラブルメーカーで有名なアルメリアだし。

「本来ならば、衛兵や侍従が気がつくべきところを君に指摘《してき》させてしまって申し訳ない。子どもの僕が君に言うっていうのもなんだけど、お父様から改まってお礼を言われるのも嫌だろ？」

「そっ、そうですね。この程度に留《とど》めていただけますと……。ただ私は首を突《つ》っ込んで騒ぎ立てただけですし」

　サイラス様はニコ、と目を細める。

（まだこの歳《とし》なのに、いろいろ弁《わきま》えてるというか、わかってるって感じの子だなあ……さすがゲームのメインヒーローを張る男……）

「……しかし、意外だな。スピアー家のわがまま令嬢にそんな一面があったとは」

「え？」

「ああ、でも、肝《きも》の太さはさすがだよね。トラブル慣れしてそうな立ち居振る舞いというか」

　これは、やばい。『意外といいやつかも』ギャップルートに入ってしまうかもしれない！　慌てて私は冷たい目つきをつくって、ふん、と鼻を鳴らしながら髪《かみ》をかき上げて見せた。悪女ムーブである。

「誤解なさらないでいただけます？　私、こういうチンケでゲスな真似事《まねごと》を見てるとはらわたが煮《に》えくり返りますの。別に女の子がかわいそうとかそういうのではありませんわ。こんなくだらないことをする殿方をとっちめたかっただけです」

　ご令嬢にしてはやたら口が悪くなってしまったが、もうここは気にしないことにする。

　サイラス様は青い目をまん丸にしてきょとんと私を眺《なが》めていた。

「そういうことですから。なんだか興醒めいたしましたわ。今日はもう私の出番はいいのでしょう？　帰りますね」

「あ、うん。わかった。構わないよ。控室《ひかえしつ》に戻れば誰かいるはずだから、その人に頼めば馬車の手配もしてもらえると思うよ」

戸惑いの様子を見せつつも、微笑みを見せるサイラス様。まだ若いのに、落ち着きを絶やさないのは未来の王の器《うつわ》というべきか――。

（……なんだかものすごく疲れたわね……）

まさか、このようなことになるとは。大誤算である。

（私、うまいこと、サイラス様に『こいつはないわー』って思ってもらえたかしら……）

……できてない、気がする――。私はおおいに頭を抱《かか》えて項垂《うなだ》れた。


パーティーの日から、一か月。

「――お嬢様、また王太子殿下からお茶のお誘《さそ》いが」

「ま、またぁ⁉」

行儀見習いの侍女、マルテに手紙を手渡《てわた》された私は思わず顔を引《ひ》き攣《つ》らせる。マルテは私を嗜《たしな》めもせず、静かに頷いた。

マルテはこの間、私が助けたメアリ嬢の親戚《しんせき》の十歳の女の子で、ちょうど行儀見習い先を探していたらしく「よければアルメリア様のもとで働かせてもらえませんか？」とメアリ嬢経由で打診《だしん》があったのである。

親戚というだけあり、メアリ嬢と同じ艶《つや》やかな栗毛《くりげ》をおさげに結んだかわいらしいお嬢さんだった。お嬢さん、って言ってもアルメリアから見たら年上なんだけど。前世成人済みだった私から見ると『お嬢さん』って感覚になっちゃうだけで。

実は、アルメリアには専属の侍女という存在がいなかった。アルメリア（本物）がとんでもなく横暴でわがままだったからである。スピアー家に仕える侍女のローテーション制でアルメリア係が決まっていただとか。

新人にはとても任せられないから中年ベテラン勢が血反吐《ちへど》を吐《は》きながら頑張《がんば》っていただとか。いや、よくそんな評判のところに十歳の見習いをつけてみよう、って判断になったな。本人の希望があったとはいえ。

（マルテは……ゲームシナリオ通りだったら、きっとスピアー家には来てなかったわよね？）

シナリオだとスピアー家の使用人でネームドキャラや立ち絵があるキャラはいなかったので定《さだ》かではないが、元々のアルメリアの評判通りなら、まず間違《まちが》いなく行儀見習いはこの家にはやってこないだろう。

良《よ》い変化は積極的に受け入れていきたい……というわけで、私は喜んでマルテを迎え入れた。

マルテは利発そうで、まだ若いのにポーカーフェイスでとても落ち着きのある子だった。

「……この間来たのは断ったんでしたっけ」

「はい、断り出して三通目のお誘いです。……これ以上は無礼に当たります」

「仕方ないわね……」

悪女アルメリアらしく、「無礼？　知ったことか！」と払い除《の》けられればよかったのだが、そこは前世の私の価値観が邪魔《じゃま》した。

三顧《さんこ》の礼とはいうが、どうして孔明《こうめい》は五十回くらい焦《じ》らしてはくれなかったのだろうか。三という数字が憎《にく》らしくなった。いやこの世界に孔明はいないけど。なんでこの世界でも三がターニングポイントなのかな。

了承の返事をして、数日後。私はお茶会に出席するべく、王城に赴《おもむ》いていた。

（私ったらどうしてサイラス様に気に入られてしまったのかしら……）

おかしい。むしろ私はサイラス様から興味を持たれないようにしてたはずなのに。

私では王太子殿下にドン引きされるような奇人《きじん》にはなれなかったというのか。現代社会で培《つちか》ってきた常識力が災《わざわ》いしたか。

陰鬱《いんうつ》な気持ちで馬車に乗り、そう時間はかからず王宮に到着する。

「やあ、アルメリア。よく来てくれたね。ここ最近は忙《いそが》しいようだったけど」

そして、門の近くで私を待っていたらしいサイラス様にニッコニコで出迎《でむか》えられる。

（このサイラス様のニコニコと反比例して、グラジオはご機嫌斜《なな》めなのよね……）

今日も出かけるときにものすごく拗《す》ねていた。

最近はなりをひそめていた卑屈《ひくつ》モードが大いに出ていた。


『姉さんはおれよりもやっぱり王子様のほうがいいんだ。王子様はかっこいいし、地位もあるし、優秀《ゆうしゅう》だっていうし。それにひきかえ、おれは姉さんに教えてもらうまで、ぐずでのろまでなんにもしらないしなんにもできないだめな田舎者《いなかもの》で』

（うわああ、久々に卑屈スイッチが）

『姉さんに教えてもらってからはおれだって色々できるようになったけど』

（あっ、なんかちょっとドヤ感出た）

『でも、こんな赤い目をしてるし、話はへただし、おれは……』

（あああ、ダメだった）


そんな調子でなんとかかんとかドヤ感ある雰囲気だった『勉強したらすぐ身についてすごいね！　頑張ってるよね！』というところに焦点《しょうてん》を当てて褒めて応援《おうえん》しまくってなん

とか事なきを得て、私はどうにかこうにか、サイラス様のお茶会にたどり着いたのだった。

あのままグラジオの卑屈ムードに巻き込まれていたら、やばかった。

（あの卑屈が行き過ぎた結果が闇堕《やみお》ちラスボス化なのだものね。わかってはいたけど……やっぱり根深いというか……重いというか……）

今はまだ幼い年齢だからこの程度に収まっているけれども、もう少し大きくなってもこのまま拗《こじ》らせていると……あまりよくなさそうだ。いつかグラジオが出会うであろう『いい人』に卑屈モードを出してしまうのは、よくない。『めんどくさい男』認定《にんてい》されてしまうかもしれないし、フラれたショックで勢い余ってそこから闇堕ちルートもあり得る。

（ここまでの教育は順調のはず……もともとの性格は変えられないけれど、それでも落ち込んでも自分の気持ちをしっかり保てるようにはもっとしていけるはず。グラジオに自信を持たせていかないと……）

グラジオのことでうんうんと悩《なや》んでいるうちに、お茶会の会場には招待客が集まってきていたようだった。

サイラス様にちょんちょんと肩をつつかれてようやく気づく。

「そういえば、あの時みたいなたくさん特産物くっつけてるドレスはもう着ないの」

「アレは……本当は趣味《しゅみ》じゃありませんでしたの、もう飽きましたわ！」

「そう？　実はアレ、なかなかいいんじゃないかって評価になってるみたいで、地元の特産品をアピールしたい地方同士が手を取り合って君が着ていたドレスをベースに色々デザイン、製造を進めているそうだよ。近々君本人に広告塔《こうこくとう》として着てほしいって依頼《いらい》がくるんじゃないかな」

「嘘でしょ⁉」

そんな話、寝耳に水である。思わず叫んで驚愕した。

「『欲しいものは全部！』がコンセプトらしいよ、君らしいよね」

（悪女アルメリアは……そうでしょうね……）

ただ、アルメリアが一番欲しかったもの。『スピアー家の跡《あと》を継ぐ』ことだけは生涯叶《しょうがいかな》わなかったわけだけれど。

「サイラス様は面白《おもしろ》がっているでしょう、それ」

「うん。僕はあんまりああいうドレスは好きじゃない。けど、君らしいとは思ったよ？」

サイラス様がクスクス笑う。

「……今日いらした方も、あの日みたいなドレスを楽しみになさってるのかしら」

「そういう人もいると思うよ？　いまから着替《きが》えてくる？」

「いやです」

サイラス様、なんだか楽しんでいる気がする。

ともあれ、ひとまず、今日いらっしゃった方々に挨拶してまわる。

「アルメリア様。最近は雰囲気が変わりましたね。やはり、王太子殿下の婚約者となって意識が変わられたのでしょうか」

「……そうですね……」

そういう受け取り方をしてくれる人が多いのか、アルメリアの破天荒暴虐《はてんこうぼうぎゃく》お嬢様キャラが変わっても、そこまで不審《ふしん》がられないのは助かる。

「私としては、弟ができたことが大きいですね。私ひとりであれば気楽ですが、私のせいで弟に不利益があってはなりませんもの」

「まあまあ」

しかし、将来的にサイラス様とは円満に婚約解消したい私としては「いえいえ弟のおかげですよ」とやんわり軌道《きどう》修正する。

アルメリアのキャラ変が気になってサイラス様のお茶会に参加する人はわりと多いようだった。中には過去アルメリアにいじめられたらしいご令嬢やご令息が遠巻きに私の様子を確認《かくにん》し「ほ、本当に大人しくなっている」と顔を見合わせることもあった。

……アルメリア、いくら公爵家の生まれでごねにごねたからって、その素行でよく王太子殿下の婚約者になるの認められたな。よほど頑張ったんだな、私のお父様とお母様！と妙《みょう》な感慨《かんがい》が生まれていく。

（ええと、こっちがバーキット伯爵家の方で、こちらがオルレア侯爵《こうしゃく》。オルレア侯爵は最近祖父が亡《な》くなられているから話題には気をつけないと……）

内心で、『ああー、疲れるー！』とげんなりしつつ、愛想笑《あいそわら》いで世間話をこなしていく。

私は社交というものが苦手だ。前世の時から。

貴族の社交と同列に並べるな、と言われると困るが、飲み会も大嫌《だいきら》いだった。当《あ》たり障《さわ》りのない会話をしつつ、相手の気分を害さないようにしつつ、お酒を適度に飲んだり、その場にいるメンバーの飲み具合を把握《はあく》しておかわりを勧《すす》めたり勧められたり……。マルチタスクに気を使うのは、しんどかった。

気心の知れた友人には「そんなの気にしなきゃいいじゃん」と軽く言われたが、もうこれは性分《しょうぶん》なのだった。気にせず振る舞おうとすればそれはそれで疲れる。結果として全方位に気を使い倒《たお》していたほうが楽だ、ということで私は気配りマシーンになるのが常だった。

（頻度《ひんど》が抑え気味ならまだ……だけど、サイラス様、お茶会しすぎ、誘いすぎなのよ！）

……そういえば、ゲームだとサイラス様って自分からヒロインをデートに誘う率が一番高いキャラだったな。攻略《こうりゃく》サイトで検証されてた。サイラス様狙《ねら》いだと向こうからデートに誘いまくるから好感度管理が楽でパラメータ上げに集中しやすく、完璧ステータスヒロイン作るときには攻略対象推奨《すいしょう》キャラになっていた。

（メインヒーローだからエンディングに要求されるパラも高いんだけど、本人を放っておいても好感度上がりやすいから真面目にパラ上げしてれば難易度はそんな高くないのに、初心者初見プレイだと好感度上げ頑張りすぎてパラ足りなくてエンディング失敗することがままあるのよね……）

懐かしいな、ゲームでやってたころ……と急にしんみりしてしまう。

今の私はサイラス様の好感度を落としたいのだから、お茶会も適当に塩対応でこなせばいいのだけど……私の性格が、塩に、向いてなかった。

パーティーに出席したときは『この時、一回だけ』というつもりだったから塩で頑張ろうと思えたけど——定期開催《かいさい》されるお茶会では、塩を貫《つらぬ》き通《とお》すのは、難しかった。

（あ、なんか、ダメかも）

今と関係ないことに頭が持っていかれてるときは、大体やばいときである。

軽い走馬灯的な。

「アルメリア！」

サイラス様の声と共に私の視界は真っ暗闇《やみ》に落ちた。

「……やあ、アルメリア。気分はどうだい？」

ぼやけた視界ごしに、誰かと目が合う。……この声は。

「えっ、あ、サイラス様⁉」

ガバッと起き上がる。

目の前に広がるのは、見知らぬ綺麗《きれい》で豪奢《ごうしゃ》な部屋。にっこりと微笑むぐうの音も出ない美少年スマイルなサイラス様。寝起《ねお》きには眩《まぶ》しい。

「こ、ここは……」

「急に倒れたから心配したよ、どうしたの？」

ああ、やっぱり、倒れたのかあ、と合点する。着ていたドレスは、身体の締めつけが少ないふんわりとしたデイドレスに着替えさせられていた。

王城のどこか一室のベッドをお借りして、私は寝《ね》ていたようだ。窓の外を見るとすでに陽が沈みつつある。もうとうにお茶会はお開きになっただろう。

「……すみません、疲れが溜《た》まってしまっていたようで……」

「ふうん？」

意外そうにサイラス様は目を見開く。

「今日は体調が悪かった？」

質問に口ごもる。だが、いやまて、少し考えてからハッとする。

（将来の王太子妃と考えると致命《ちめい》的な弱点だけど、これを理由に婚約解消されるならむしろよいのでは⁉）

意を決して、切り出す。

「私、実は社交に苦手意識が強くて……。気疲《きづか》れするというか肩に力が入りすぎてしまうというか……」

「おや」

サイラス様は眉をあげ、目を丸くする。

「社交が苦手なのに、国の王太子のお嫁《よめ》さんになろうとしてた、ってこと？」

「うっ……そ、そうなりますね。なので……後悔《こうかい》しています」

「後悔、ねえ」

碧眼《へきがん》をスッと狭《せば》めてサイラス様は苦笑する。この顔、ゲームのスチルで見たなあなんて思う。

「あんまり深く考えずに駄々《だだ》をこねてしまったのですわ。まさか、本当に婚約できてしまうとは……」

「すごいこと言うね」

「返す言葉もございません……」

クスクスとサイラス様は上品に笑う。そこ、クスクス笑いするとこか？

「元々破天荒な噂には事欠かないのに加えて、義弟《ぎてい》を迎える条件に王太子と婚約させろ、なんて言うご令嬢だ。どういう子なのか……ってしばらく様子を見てたけど、やっぱり思ったとおり、なかなか面白そうだね、君って」

「え⁉」

ニッとサイラス様は笑みを深める。

（これは……ゲーム風に言うなら……フラグが立ってしまった気が……？）

やばい。私はサイラス様からはゲームどおりに興味を持つに値《あたい》しない婚約者として振舞うつもりだったのに。『面白い』認定を受けてしまった。

「悪いけど、僕としても君との婚約関係は都合がいいんだよね。毎日毎日いろんなご令嬢とお見合いだなんだと忙《せわ》しなくて、それこそ僕も気疲れしていて。お互《たが》いにあまり執着《しゅうちゃく》心《しん》もないのなら、僕たち、お飾《かざ》りの婚約関係ってことでいいんじゃないかな？」

「えっ……」

青い瞳が私を覗《のぞ》き込む。……こ、ここは、絶対に選択肢を間違えられないところなのでは……？

（『お飾りなんて嫌！　それくらいなら婚約破棄《はき》してください！』……だと、逆になんかダメそうな気がする！　間違ってもここで、恋愛《れんあい》っぽいフラグは立ててはいけない！）

怯んではいけない。ここはひとつのターニングポイントだ。私はグッと奥歯《おくば》を噛《か》みしめて、勝気な笑みを作って見せた。

「ふ……」

「うん？　『ふ？』」

「フハハハ！　オーッホッホッホッホ！　そうですわね！　私たち、お飾りの婚約関係！　よろしいのではなくて⁉　ほとぼりが冷めたころに婚約解消することにして、この関係をいいことにお互い気楽によい人をのんびり探すようにいたしましょうか！」

「なんで急に高笑いを？」

サイラス様の冷静さが辛《つら》い。

きょとんと目を丸くして、純粋《じゅんすい》に「どうして？」と思っているのが痛いほど伝わる。

「……勢いをつけようと思いまして」

「そうなの？　なんかヤケクソみたいだなって思った」

「まあ、そうとも言えますが……」

あんまり勢いに流されていないサイラス様にたじろぐ私だけれど、サイラス様も追及《ついきゅう》する気はないようで「じゃあ」と人差し指をピッと立てて私に指し示し、小首を傾《かし》げた。

「とりあえず、ここだけ確認。君もお飾り、ってことでいいんだね？」

「は、はい」

「よし、じゃあそうしよう」

サイラス様が私に右手を差し出す。……これは、この手を握《にぎ》り返したら、契約《けいやく》成立……みたいなやつだろう。

少し躊躇《ちゅうちょ》しつつ、私はその手を握り返した。

「あ、あのー、よろしいんですか。社交が苦手です、限界きたらぶっ倒れますとか言っている令嬢を、お飾りで将来的には婚約解消する見込みでも婚約者の座に置いておくのは……」

サイラス様はニコッと笑って答える。

「別にいいよ。ぶっ倒れるくらい、小さな粗相《そそう》だし。来賓《らいひん》がたくさんいる場所で暴れまわるとかだとさすがに困るけど」

ハッとする。

（私に足りなかったのは……暴れ具合……）

たしかに、ゲームのアルメリアはもっとハジケてた気がする。アレくらいしないとサイラス様は嫌わないのか！　と私は内心悔《くや》しくて拳《こぶし》を握りしめた。

（でも、結果的に……友好的に？　婚約解消ルートに入った？　なら……いいのかしら？）

いいのかなと頭の中でぐるぐるしつつも、私は疑問をサイラス様にぶつけた。

「サイラス様はどうして私と……アルメリア・スピアーと婚約してもよいと思ったのですか？　自分で言うのもなんですが、私はなかなか破天荒でしたが……」

「さっき言ったのと同じ理由。見合いだなんだが煩《わずら》わしいからそろそろ誰かを婚約者という立場に置いておきたかった。君なら家柄もつりあっていて、かつ、いざというときは君の素行を理由に婚約破棄もしやすいし、もしかしたら面白いこともあるかもしれないし」

「そ、そうですか……それはなかなか」

結構打算的だった。なるほど、次第《しだい》にうんざりしたというよりも最初からわりと婚約破棄前提でしてた婚約だったのか……。

（たしかにそれなら、アルメリアはちょうどいいわよね）

とりあえず、王太子との婚約問題については、そんなに悩まなくてもよさそう？　だろうか。

「……おや、どうやら迎えも来たようだね」

窓の外を眺めていたサイラス様がにこりと上品に微笑みながら振り返る。

間もなく、スピアー家の従者が部屋にやってきた……のだが、なぜか、グラジオが一緒にいた。

「え、なんでグラジオが」

「姉さんが倒れたと聞いたら、来ないわけにはいかないよ！」

「そ、そう。ありがとう、グラジオ」

グラジオはなんだか肩を怒らせてムッとしていた。どうやら、私の横にいるサイラス様を見ている気がする。

（グ、グラジオ。相手は王太子殿下よ、そんな顔で見ちゃダメよ）

ベッドの上でヒヤヒヤしていると「姉さん、やっぱり顔色が」とグラジオは私を心配しつつ、またもサイラス様にたいして睨みをきかせた。

「……ふうん、これが噂の義弟くん、ね。……これはさらに面白くなりそうだね」

（なにが⁉）

サイラス様はどことなくうっとりと、顎《あご》をさすりながら目を細め、涙袋《なみだぶくろ》を膨《ふく》らませた。

この人は何を面白がろうとしているのだろうか。

（どんな噂が……？）

グラジオの不遜《ふそん》な睨みを気にする様子もなく、むしろ機嫌がよさそうにしているサイラス様に「おほほ……」と苦笑いする。

「姉さん、こんなところ、早く出よう。ずっといたら、もっと具合が悪くなる」

「なんてことを言うのグラジオ⁉」

ぎゅう、とグラジオが腕にしがみつきながら、強請るように言う。

家の従者も私と同様、青い顔でハラハラしていた。

「でも、たしかにここでずっと寝かせていただくわけにはいかないものね！　迎えにきてもらったことだし、そろそろお暇《いとま》させていただきますわ、サイラス様！　ごきげんよう」

「うん、またおいでアルメリア。次もまた文を出すよ」

ベッドから飛び起きて、慌ただしく、わざとらしく、一気に別れの挨拶をした私に、サイラス様は穏《おだ》やかに微笑んで、優雅に手を振ってあっさりと見送ってくださる。

そそくさと退散しようとする私たち。グラジオがずっと腕にしがみついていて身動きがとりにくい。

「……姉さん、もう、行かないで」

「……そういう、わけにはいかないんだけど……うん、でも、ちょっと断る口実考えてみるわね」

「おれと一緒に過ごすから、って言って断ればいい」

「そ……それは、どうかなあ……」

苦笑いをしていると、「おーい」とサイラス様が遠くから声をかけてきた。

「ねえ！　次は弟も一緒に連れておいで！　それならいいでしょう？」

「……ええっ!?」

「なんだか楽しそうだから、そうしなよ！　僕、君たちのこと気になるなあ！」

振り向くと、サイラス様はこの人こんなにニコニコ笑うんだ!?　というくらいニコニコ笑っていらっしゃった。

「次から、おれも絶対一緒についていくから」

それに対して、グラジオはなんだか怖い顔で私を懸命《けんめい》に見つめる。

（ま、まあ、いいけど……）

この時の私は、これから頻回《ひんかい》にサイラス様に弟とセットで呼び出されて姉弟《してい》のやりとりをニコニコ楽しそうに鑑賞《かんしょう》されるようになる未来を、まだ知らなかった。

帰り道の馬車、なんだかドッと疲れてしまって座るなり座面にずるりともたれかかってしまった。

「……姉さんは、ああいう『王子様』が好きなの？」

対面に座る、むっつりと眉間にしわを寄せたグラジオがぽつりと言う。

「えっ、そんなことはないけど。サイラス様は単に婚約しているというだけで……」

グラジオがこう『面白くない』という表情をあらわにするのは意外でちょっと驚きながら答える。

「本当に？　婚約者っていうだけ？　好きではないんだね？」

「えっ、ええと、うん」

いつになくグイグイくるグラジオ。勢いに圧《お》されながらも、コクコクと頷く。

「じゃあ、他に好きな人ができたら、王太子とは婚約解消する？」

「そうね、するかも。実はちょっと王太子妃っていうのも重荷なのよね……」

なんて、思わずこぼしてしまう。

（転生した記憶《きおく》が戻る前の私がおねだりしてそうなっちゃったとはいえ、本当に王太子妃

になっちゃうのは嫌だし）

なんとなく、円満婚約解消ルートに入れた気もするけれど、おもしれー女認定されてしまった感もあって、まだまだ油断はできない。間違ってもここからサイラス様恋愛ルートに入るわけにはいかない。

頭を捻《ひね》る私の正面に座るグラジオもまた、なにやら難しい顔でしばらく口元に手をやっていたけれど、ふと顔をあげて、私の目をまっすぐ見て、口を開いた。

「そっか。じゃあおれ、頑張る」

「？　うん」

頑張るって、何を？

そうは思いつつ、特に何かと思い至ることもなく、馬車は家に着いた。

幕間　ゲームシナリオ終章

どろり、と赤黒い血が流れる。

（もっと早く、こうしていればよかった）

ナイフを握《にぎ》る手のひらに、まだ生暖かい血が流れてきて、そう思う。

グラジオ・スピアーは、義理の姉アルメリア・スピアーを愛していた。一目惚《ひとめぼ》れだった。田舎《いなか》育ちの彼は、このように美しい女性を見るのは初めてだった。

アルメリアはグラジオをけっして愛さなかった。アルメリアはとても賢《かしこ》く、魔術《まじゅつ》の扱《あつか》いにも長《た》けた才女であったが、『女』という理由だけで家を継《つ》げなかった。代わりに家を継がせるためだけに遠縁《とおえん》の親戚《しんせき》から選ばれたグラジオを、アルメリアは認めなかった。

グラジオはアルメリアの美しさに憧《あこが》れたが、初めて会ったときのアルメリアはグラジオを嘲笑《ちょうしょう》した。

その後も、グラジオの一挙一動に文句をつけて罵《ののし》り、蔑《さげす》み、時には頬《ほお》を叩《たた》き、わざと足をヒールで踏《ふ》みつけた。

だが、それでもグラジオはアルメリアに恋焦《こいこ》がれた。蔑まれても、彼女が自分に興味を持ち続けているからだと思って喜び、しばらく相手にもされないと不安になった。

アルメリアがどれだけ「グラジオはスピアー家の跡取《あとと》りにはふさわしくない」と両親に訴《うった》えても、それが覆《くつがえ》されることはなかった。

アルメリアはそれゆえに、グラジオに執着《しゅうちゃく》し続けた。ゆえに、グラジオも「スピアー家の跡取りになる」べく己《おのれ》を研鑽《けんさん》した。そうしていれば、義姉《ぎし》はずっと自分を意識し続けていてくれたから。

グラジオにとって、義姉の関心は生きる糧《かて》だった。それ以外に望むものなどこの世界にはなかった。義姉以外の人間に虐《しいた》げられれば屈辱《くつじょく》に感じるが、義姉にならば、いや、義姉にはそうされたいとすらグラジオは望んでいた。

今、グラジオは悪魔《あくま》と契約《けいやく》し、この国を破滅《はめつ》に陥《おとしい》れようとしている最中だった。義姉は、魔物《まもの》が増えたこの国にはいられない、と他国に逃《に》げようとしていた。グラジオには、義姉の視界に自分がもう映ることがないことがひどく悲しく思えて、それならばと、義姉の刺殺《しさつ》を試みたのだった。

本当はこの国が滅《ほろ》びるとき、一緒に死のうと思っていたのに。

つい先ほど、グラジオは義姉の腹にナイフを突《つ》き刺《さ》した。義姉はかはっ、と咳《せ》き込み、それを最後に床《ゆか》に倒《たお》れ込んだ。

なんてあっけない。義姉という絶対的な存在が死んだ今、グラジオは「こんなものか」

と思っていた。

これで、義姉はもうどこにも行かない。

他国へ逃げるなど、そんなことはもうできない。

とっとと、こうしておけば、義姉はもっと早く自分のものになっていただろうに。

義姉の腹に手をやる、まだ温《ぬる》い。失われていく体温に触《ふ》れながらグラジオは深く息をついた。

他国に逃げる？　スピアー家を捨てて、俺のことを捨てて？　俺のことはもうどうでもよくなってしまったのか、スピアー家の跡取りにこだわる気持ちはそんなものだったのか。

最後の最後に、義姉に失望することになってしまったのが、グラジオにはひどく残念だった。

本当なら、義姉の関心が自分に残っているうちに義姉の生命を閉ざしてしまいたかった。そうすれば、義姉の中で自分は永遠でいられたのに。もっと早く、こうしていれば、いや。

（もしも、義姉《ねえ》さんが俺を受け入れてくれていたなら）

とうに青白くなってしまった頬を、グラジオは血濡《ぬ》れた手でそっと撫《な》でる。

（義姉さんが誇《ほこ》りに思っていたスピアー家の跡取りとして恥《は》じることがないくらいふさわしくなって、義姉さんと結婚《けっこん》して、義姉さんの血をスピアー家に残してやりたかった。愛し合いたかった）

義姉のけっして叶《かな》わぬ願いを、子を残すことで叶えてやりたかった。

さて、義姉が死んだ以上、グラジオには今世に未練は何もなくなっていた。あまり感情の起伏《きふく》が激しい性質ではないというのに、この時ばかりは流石《さすが》にむしゃくしゃとしていた。もう何も執着するものはないが、この気持ちをぶつける先が欲《ほ》しかった。もう、いいだろう。グラジオはこの国を、そして世界を滅ぼすために、義姉の亡骸《なきがら》を残してスピアー家の屋敷《やしき》から出た。

三章 求婚ルートの始まり

さて、時は経《た》ち、私アルメリアは十八歳、義弟《ぎてい》グラジオは十六歳となった。

グラジオがスピアー家にやってきて、早十年が経過した。

（振《ふ》り返《かえ》ると、あっという間だったわね……）

あれから、グラジオは、ばっちり自己肯定《こうてい》感高め男子に育っていた。私の教育のたまものである。

とはいえ、ここ二年ほど私は彼に会えていない。なぜかというと、なんとグラジオは十四歳の時に自ら志願して騎士《きし》学校へ入学したのだ。

グラジオはスピアー家の跡《あと》取りとなる身、騎士学校に入学して騎士の地位を得る必要性は薄《うす》いと言える。見聞を深めるため、交友を広げるため――メリットはないわけではないけれど、過酷《かこく》な訓練漬《づ》けの毎日になる騎士学校に入学することで得られるメリットは、グラジオの立場でいうと、そこまでない。

周囲に説得されるも、グラジオは意志を変えることなく、十四歳になる年の春に騎士学校に入学した。騎士学校は生徒の生まれ身分に関係なく、全員が寮《りょう》に入って過ごすことになる。長期休暇中《きゅうかちゅう》に家に帰ることもできたのだが、その期間も学校で特別補講を受けたがったグラジオは在学中、スピアー家に帰ってくることはなかった。

その間、寂《さび》しくなかったと言えば嘘《うそ》になる。十四歳……思春期の多感で、揺《ゆ》れ動《うご》き、精神的に大きく成長するであろう時期にそばで姿を見守れなかったことには残念な気持ちが正直あった。けれど、グラジオは自ら望んで騎士学校に入り、騎士道を学ぶことに全力で集中していたのだ。ならば、そこで「寂しい」などというのは私のエゴに他ならないだろう。

（もうすぐ、グラジオは帰ってくる）

果たして、彼はどのような青年になって帰ってくるのだろうか。

長期休暇中に家に帰ることのなかったグラジオ。なんと彼は、異例の速さで卒業資格を得て、王家から騎士爵《しゃく》を授与《じゅよ》され、見事騎士の地位を獲得《かくとく》したのだった。

騎士学校の在学期間は平均五年である。最長で八年在学が認められるが、それまでに卒業資格を得られなければ退学、当然騎士の地位は得られない。グラジオは最短ルートで卒業したのだった。

「ただいま、姉さん」

「グラジオ……！」

記憶《きおく》に残っているグラジオよりも、ずっと背が高く、大人っぽくなった彼に胸が熱くなり、階段を駆《か》け下りた勢いのまま、抱《だ》きついてしまう。

「やっと会えた！　嬉《うれ》しいわ、こんなに立派になって……」

「俺もだよ姉さん。……嬉しい」

大きな手が私の背にそっと回される。

感動の再会、抱き合う私たちを屋敷《やしき》にずっと仕える使用人たち、少し遅《おく》れてやってきた両親たちが微笑《ほほえ》ましく見守る。

「聞いたわよ、ここ十数年で最短で騎士学校を卒業したんでしょう？　長期休暇も帰らないでずっとカンヅメだったから、心配してたけど……こんなに立派な成果を出して……」

「ああ、少しでも早く、騎士爵を得て帰ってきたくて。姉さんに会えない間は辛《つら》かったけど、でも、頑張《がんば》ったよ」

「グラジオ……」

もうすっかり私よりも高くなった位置にある顔を見上げる。かつて、前髪《まえがみ》を伸《の》ばして赤い目を隠《かく》そうとしていた気弱な少年の姿はここにはなかった。

ハッキリとした整った目鼻立ちを惜《お》しげなく晒《さら》し、意志の強そうな少し釣《つ》り目がちな赤い目は、自信満々に私を見つめていた。

（こんなに立派になって……こんな、キラキラで自信満々の顔をして帰ってくるなんて……！）

これはもう、完全にグラジオは闇堕《やみお》ち破滅《はめつ》エンドを回避《かいひ》したといっても、過言ではないのだろうか！　いや、正直、年少時代に「すでにこれは勝ちでは？」とは思っていたけれど！　無駄死《むだじ》にする国民もこれでいないはず！

（このグラジオが！　私を刺《さ》し殺《ころ》す未来などあるわけない！）

こんなキラキラな好青年が、「この国いるとやばいから逃《に》げるわ」って言われたところで義姉《ぎし》を殺すわけがあるだろうか、いやない。そもそも、国がやばくなる未来もグラジオが悪さをしないなら、ない。すでに脳内にはゲームのエンディングテーマが流れ始めていた。

（やったー！　あとは、サイラス様との婚約《こんやく》を無事にどうにかできれば！　私の憂《うれ》いは、ゼロ！）

内心で万歳《ばんざい》する私。上機嫌《じょうきげん》なのが漏《も》れているのか、グラジオはクスッと少しおかしそうに微笑む。

そして、グラジオはスッと跪《ひざまず》いて私の手を取るのだった。

「姉さん、結婚《けっこん》してください」

「え」

「俺は貴女《あなた》と結ばれたいんだ、姉さん」

「……え⁉」

ざわめく玄関《げんかん》ホール。グラジオの帰還《きかん》を喜び集まった使用人たちは黄色い悲鳴をあげるやら、戸惑《とまど》いの野太い声をあげるやら。「一体どういうこと⁉」と周囲をきょろきょろと見まわしていると目を丸くした両親が目に入った。

「ま、まって、待ちなさい、グラジオ。あの、結婚って、私たち、姉弟《きょうだい》で……」

「義理の、だろう？　血は繋《つな》がっていない。今は同じ家に籍《せき》があるけれど、俺は騎士爵を得た。この爵位《しゃくい》を根拠《こんきょ》に『スピアー家ではない』グラジオとして、姉さんと結婚する資格が俺にはある」

「せ、制度的にはそうかもしれない。近親婚《きんしんこん》の問題も、まあ、そう、そうなんだけど、あの、でも、グラジオ、私たち、ずっと姉弟として一緒《いっしょ》に過ごしてきたわけで……」

血の繋がり、制度的障壁《しょうへき》、それらがないと言われても、『実の親よりも育ての親』という言葉があるように、実際どういう関係性として過ごしてきたか、というのが重要だと思う。

こういう恋愛《れんあい》の可能性がないとは言わない。そういうことも、あるだろう。だけど、私は——。

「わ、私、あなたのことはかわいい義弟だと思ってきていた。だからそんな急に……結婚なんて……」

「俺は初めて会った時からずっと姉さんのことは魅力《みりょく》的な一人の女性だと思って――」

「――グラジオ！」

珍《めずら》しく、父が声を張り上げてグラジオを一喝《いっかつ》する。

そして、両手をパンパンと叩《たた》き、この場のみんなの注目を集めて、解散を促《うなが》した。

「まだ帰ってきたばかりじゃないか、一度、自分の部屋に戻《もど》って身体《からだ》を休めて落ち着きなさい。込《こ》み入《い》った話はおいおいしようじゃないか。ホラ、みんなも仕事の途中《とちゅう》だろう。早く持ち場に戻りなさい！」

「お父様……」

「アルメリアも、ひとまず自分の部屋に戻りなさい。侍女《じじょ》に言って、熱い紅茶でも持って行かせるから」

「は、はい。ありがとうございます」

グイグイ来ていたグラジオだけど、父親の一喝は効いたのかおとなしく自室に戻っていった。

私も自分の部屋に戻り、お父様が手配してくださったとおり、侍女のマルテがすぐに持ってきてくれた紅茶を一口飲んで、そして放心した。

ほっと一息、ではなくて、放心である。

(……どうしてこんなことに?)

グラジオから求婚《きゅうこん》。義弟から求婚。なぜ。

破滅エンド回避の喜びから一転。胸のうちは困惑と動揺でいっぱいになっていた。

本当は夕食は一家そろって楽しもうという話だったけれど、この少し後に、お父様から「今日はちょっとやめておこうか」と通達がきて、夕食も自室で食べることになった。

ので、夕食中も食べているものの味がほとんどわからないまま放心状態で食べきった。

翌日。なにがあろうと欠かさず明日は来るというもの。

カーテンの隙間《すきま》から差し込む朝日を浴びながら、どうせ明日が来ちゃうならもう少ししっかり夜寝《ね》ておきたかったな~などと思いながら、フラフラとベッドから立ち上がる。

「アルメリア様。おはようございます。今朝も朝食はそれぞれのお部屋で、と仰《おお》せつかっております。もうお持ちいたしますか?」

「……そうね、お願い」

マルテがいつものポーカーフェイスで淡々《たんたん》と話すのが、なんだかありがたかった。

行儀見習《ぎょうぎみなら》いとして我が家《や》に来たマルテももう二十歳。よい縁談《えんだん》相手が見つかり次第《しだい》、家を出るという話にはなっているけどなかなかよい相手に出会えないらしい。アルメリアから見たら年上だけど、私的には年下みたいな不思議な感覚で見守っている。……マルテからしたら、きっとマルテのほうが私を見守っている感覚なのだろうけど。

(まさか、グラジオに求婚されるとは……)

持ってきてもらった朝食を食べつつ、改めて昨日の求婚事件について考える。

(姉弟として過ごしてきたつもりだけど、距離感《きょり》が近すぎた？　グラジオはいったいいつから……いいえ、そもそも、グラジオは本当に私のことが好きなの？)

グラジオは孤独《こどく》な幼少期を過ごしてきたようだった。だから、自分に親身になってくれた存在に感じる親愛を恋愛感情とはき違《ちが》えているのでは？

エディプスコンプレックス、という幼児の心的発達についての考え方がある。子は母親を自分のものにしたいと願い、母の夫である父親に敵意を抱く。しかし、母と父を交えた日常の関わりの中で母親は自分の恋人《こいびと》にはならないと次第に悟《さと》り、外の社会へと意識を向け、成長していく——という発達の過程の考え方だ。

まあ、あくまで考え方、捉《とら》え方の一つ、という立ち位置として私は考えているけれど、この考え方を引用して考えると、生まれた家庭で愛情をうまく受けることができなかったグラジオが、スピアー家に引き取られて出会った姉の私が彼にとっては母親のような愛情を送る存在となり、彼としては「いつか恋人として手に入れたい存在」という認識《にんしき》が刷り込まれたまま、成長してしまったのではないだろうか。

本来ならば、ほかの家族たちとのかかわりの中で自然と「そうではない」と矯正《きょうせい》されていくはずのところが、養子として迎《むか》えられたグラジオはそのあたりが見過ごされて育ってしまったのではないか。

(グラジオの成長に必要だった『父』の存在が……薄かった……!?)

『姉』としては無論私は頑張ってきたと思う。けれど、姉でいようと、彼をよく育てようとするあまり、父的な視点での関わりが欠けていたのだ。

ガンと頭に強い衝撃《しょうげき》を受ける。

(盲点《もうてん》……ッ、お父様もいたし、父的存在が薄かったとは気づいていなかった……。お父様は……私に快くグラジオの教育を任せてはくれたけど、あんまり関わってはこなかったし！　たしかに！　そういえば！)

私は、前世では成人していた女性だ。しかも、末席といえど教員という職に就《つ》いていた。そこに驕《おご》り高ぶり油断があったのかもしれない。

もう少し、『父』を意識すべきだった。

(これは……教育の失敗だわ)

いいかげん、動揺《どうよう》するのはもうやめよう。己《おのれ》の失敗と向き合わなければいけない。

(グラジオ、私はあなたの恋愛相手じゃない……私はあなたが乗《の》り越《こ》えるべき、壁《かべ》なのよ！)

グラジオは本当に立派に成長した。どこに出しても恥《は》ずかしくない青年になったと思う。

だからこそ……私は、この責を取らねばならない！

（グラジオに！　私《姉》とは結婚できないのだとわからせる！　家族の外、社会に目を向けるべきなのだと!!）

使命感により、私は立ち上がった。

「……お嬢様《じょうさま》が斜《なな》め上にかっ飛んで行こうとしてる気配を感じる……」

マルテが何かを言っていたけれど、聞き直すことはしない。今はこの勢いを大事にしたい。

気だるい朝、永遠に寝ていたい気持ちを押し殺して無理やり起きて出勤するときのあの気合によく似ていた。


さて、気合のままに私はグラジオを呼びつけた。

家の客間の一室を借り、立会人として侍女のマルテにそばにいてもらい、マホガニーの四角い机越《ご》しに互《たが》いに椅子《いす》に座って向かい合う。

「グラジオ、よくきてくれたわね」

「ああ、姉さんに呼んでもらえて嬉しいよ！　避《さ》けられるかと思ってたから」

（お、おお……わ、私が動揺していたのには気がついてたみたいでなにより……？）

グラジオの方はあんまり気にしていないかと思っていたけれど、気まずく感じて避けられるかも、と考えられるあたり、そこら辺の感性はまともっぽくて安心する。……安心、できるのか？

にこにこぱー、とした笑顔《えがお》を浮《う》かべるグラジオに、ちょっと引き笑いをする。

「あなたと二人、腹を割って話したいのは他でもないわ！　昨日の求婚の件だけど！」

「わかってるよ、姉さん。俺もその話がしたかったところだ」

そうだろう、グラジオも昨日はお父様に強制終了《しゅうりょう》させられたわけなのだから、本当はもっと言いたいこともあっただろう。でも、まずは私がイニシアチブを取らせてもらう。なにごとも先手必勝である。

「単刀直入に言うわ！　私はあなたと結婚できません！」

「できる！」

「曇《くも》りなきまなこで迷いなく言い切らないで!?」

こっちだってズバリ「結婚できない」と言い切ったのに、それ以上に強く言い切るグラジオに思わず怯《ひる》む。

「グ、グラジオ、あなたそういう子じゃなかったでしょ。もうちょっと……こう……オドオドしたとこがあって……いまいち自分に自信が持ちきれないとこが……こう……どうしてそんな揺るぎない自信を……」

おろおろと、両手でかつて小さかったグラジオを「こう」となぞるように話す。
「何を言うんだ、そんなことを言うのはいくら姉さんでも許せない」
「グラジオ……」
整った顔をしかめて、グラジオは私を真剣《しんけん》に見つめる。
「俺をこんなふうに育てたのは姉さんじゃないか。俺は姉さんに立派な男として育てても
らったと思っている！　姉さんに育《はぐく》んでもらったのに、それを恥じたり自信がないなどと
揺らいだりしてなるものか！」
「グラジオ⁉」
横でマルテがポーカーフェイスを維持《いじ》しつつもなんだかプルプルしていた。
（どうしよう、卑屈《ひくつ》キャラじゃなくなったことを喜ぶべきなのに、『どうしよう』のほう
が強い）
やっぱり私は育て方を間違《まちが》えたのでは？　総合的に。
「そ、そんなふうに自信を持ってくれたのは嬉しいわ！　グラジオ、とっても頑張ったも
のね！　私も鼻が高いわ！」
どう返そうと悩《なや》む間、とりあえず褒《ほ》めておく。グラジオは「うんうん」と穏《おだ》やかにニコ
ニコする。非常に嬉しそうである。
（褒めたけど……いや、これだけ自信持ってくれたのはほんっとよかったけど……私……

結婚を、諦《あきら》めさせ……ここから、どう……)

切るべきカードに悩む私。褒められてニコニコのグラジオ。無表情でそれを眺《なが》める侍女マルテ。

――場面は硬直《こうちょく》していると言ってよかった。いや、怯むな、まだイニシアチブは私にある――。ちなみに、私が初めてイニシアチブという単語を知ったのはとあるカードゲームからである。なんとなく響《ひび》きが気に入って、言えるチャンスがあるとつい言ってしまう言葉の一つだ。懐《なつ》かしいな、子ども目線からすると難しい単語が当たり前のようにいきなりたくさん出てくるからルールを覚えるのが大変だった。

(だめ、現実逃避《とうひ》で今と関係のない昔のことを思い出しがちなのはやめなさい、私! グラジオと向き合うのよ!)

気を取り直して、キッとグラジオを睨《にら》むように見つめあげる。

「あのね、グラジオ。私たち、血のつながりはないけれど! 関係は姉弟なのだし! あまり世間体《せけんてい》がよくないと思うの!」

勢いが大事だ! と私はお行儀が悪いながらも机をバンと叩きながら言った。

「むしろ、姉さんと結婚したほうが俺とスピアー本家の結びつきは強固となるし家的にもよいのではないかと思う。お義父《とう》様は肯定していたよ。お義母《かあ》様は固まっていたけれど……」

「お父様ー⁉」

それに対して、グラジオの返しは淡々としたものだった。少しは勢いにのまれてほしい。

いや、しかし、お父様、肯定しちゃったの？　ほんとに？

「……旦那《だんな》様は、『まあそれも、ひとつの手だが……』と呟《つぶや》かれていただけでございます。グラジオ様が『よし、ならばＯＫということだな』と曲解されただけで……」

侍女のマルテがこそこそと耳打ちして事の流れを教えてくれる。

「そ、そうなのね」

グラジオの迷いがなさすぎる。恐《おそ》る恐る表情を窺《うかが》うとキラキラとした眼差《まなざ》しで私を見ていた。

ゲームのグラジオとは違って、キラキラ感マシマシに立派に育ったものである。そこは素直《すなお》に感慨深《かんがいぶか》い。立派に……立派に、育った……のか……？　なんかちょっと変な感じにたくましくなってしまった気がする……。

「俺も姉さんももう結婚できる年だろう？　何も問題ないのに、何を迷う必要がある？」

「うっ……」

むしろ不思議だ、と言わんばかりにグラジオは眉《まゆ》をしかめながら小首を傾《かし》げる。

姉弟という関係、世間体、その辺りの『いかにも』なお断り文句は完封《かんぷう》されてしまった。

「まあ、確かに、同じ家に籍を入れていると多少手続きに面倒《めんどう》はあるが……」

「そっ、そうよねえ⁉」

たしか。私も詳《くわ》しくはないが、この国の法律では、同じ家に籍がある場合には王立裁判所に出向いて裁判官から認定《にんてい》を受けて一時除名、新たにどちらか単独の籍を作り、その上で婚姻《こんいん》の申請《しんせい》をしなければならない。この一つ一つの手続きに時間がかかる、と聞いたことがある。どれほど急いでも半年以上、どこかで手間取るとゆうに年単位で時間がかかることもあるとか。

「だから、俺は騎士爵という俺個人の爵位を取ったから、すぐに結婚できるよ」

「……ん？」

ニコッとグラジオが微笑みかけてくる。「そんな顔でも笑うようになったのね～」というお姉ちゃんの気持ちと「なに言ってんだコイツ」という理性が交錯《こうさく》する。

「そのために騎士学校に通ったんだ。姉さんと別れるのは辛かったけど、それよりも少しでも早く姉さんと結婚したかったから……結婚すればずっと一緒にいられるのだし」

「……んんん……？」

つまり、それは、私といち早く結婚するためだけに騎士学校に入った……と？

「ま、まって、そ……そうだったの⁉」

「当たり前だ、そうでもなければこの俺が二年も姉さんから離《はな》れられるものか！」

「そんな胸張って堂々と言うこと⁉」

ドンと胸を張っていたグラジオだけれど、なぜか急にはあとため息をつくと、がくりと肩《かた》を落とした。

「本当は一年で卒業できる見積もりだったのに……要領が悪くて手間取った……。くそっ、やっぱり俺は所詮田舎《しょせんいなか》生まれのなんの才も持っていない貴族と名乗るにもおこがましい凡《ぼん》夫《ぷ》ということか……」

わかりやすく、どよんとした雰囲気《ふんいき》を纏《まと》うグラジオ。

（あっ、卑屈スイッチ入っちゃった）

このグラジオのぼやきを騎士学校の誰《だれ》かが聞いたら「ふざけんなよこのやろう」と総スカンだろう。異例の速さで卒業認定を受けた歴代でも五本の指に入るであろう逸材《いつざい》と言われているのに。

しかし、それはそうと……。

（昔は、この卑屈な気質をどうにか……って思ってたけど……。でも、久しぶりに卑屈を浴びるとなんだかホッとするわね……！）

まだ、そこにいたのね、グラジオ！　って感じがしてしまう。いや、キラキラ伊達《だて》男でガンガンいってほしくもあるんだけど、やっぱり、「これこれ」みたいな実家感というか……。

「何を言ってるのよ、グラジオ。あなたほど素晴《すば》らしい人はそういないわ！」

「ね、姉さん……」

おかげでちょっと冷静さと余裕《よゆう》を取《と》り戻した私はお姉さん面で落ち込むグラジオの手を取り、励《はげ》ましてみせる。

「……姉さんがそう言うなら……」

(よかった、復活が早い。成長してるわね！)

うっすらと頬《ほお》を赤く染めながら、グラジオが呟く。

あ～、この反応も懐かしい。グラジオ、私のかわいい義弟……って感じがモリモリ溢《あふ》れてくる。

「姉さん、俺は姉さんから見て、ちゃんと成長できている？」

「もちろんよ。グラジオは私の自慢《じまん》の義弟だわ」

「……よかった」

グラジオは柔《やわ》らかく瞳《ひとみ》を狭《せば》める。

「姉さんに認めてもらえると、それだけで俺は勇気が湧《わ》いてくるんだ。ありがとう、姉さん。結婚しよう」

「うん、結婚はしないけど、姉として誇《ほこ》り高《たか》いわ。私のことそんなに好きでいてくれているのも嬉しいわ」

「そうか、じゃあやっぱり結婚しよう」

「それとこれとは話が別よ。義姉弟としてだからね？」

「俺は姉としても一人の女性としても姉さんのこと好きだけど」

「うん、とりあえず今日は引き下がろうか！」

のれんに腕押《うでお》しの感触《かんしょく》しかしない。

ひとまず、今日は「私は結婚しない」という意思表示だけはできたとして、よしとすべきか……。

なんだか逆に押し通されそうな予感がして、私は慌《あわ》てて切り上げよう！　と提案する。

グラジオはそういうところは素直なのか、「わかった」と大人しく言うことを聞いてくれた。

先に退室するグラジオ。マルテと二人きりになった部屋の中、私は椅子にずるりと雪崩《なだ》れるように座り込んでふうと息をつく。

「……アルメリア様。僭越《せんえつ》ながら申し上げます。途中で忘れてませんでしたか？　グラジオ様をビシッと振るって目標」

「え？」

「完全に姉としてデレデレでございましたが……よろしかったので？」

「……よろしくございませんわね」

マルテにクールに言われて、私もフッ……と少しキザに返してみせる。返してみせたが……。

（ぜんっぜん、ダメね、これ）

第一回義姉弟結婚可否バトルは、やや私の敗北めのドローに終わった。

衝撃の「姉さん結婚しよう宣言」から、はや一週間。私とグラジオの話し合いになっていたかいないのか怪《あや》しかったやりとりがあってからも、それくらい経つわけで、あれからグラジオは毎日一回は「結婚しよう」と私に投げかけてくる日々だった。

ただ、「結婚しよう」というだけで、無害といえば無害である。

「すでに慣れてきてしまってはいませんか？」

クールなマルテの冷静な目線からの指摘《してき》に、「ぐう」の音もでない私である。

「なんとか……このままお互いいい人が現れるまでやり過ごす、っていうのもなくはないかもしれないとは思ってきてしまってるけど……」

「先日グラジオ様を呼びつけたときはかなり闘志《とうし》に燃えていらっしゃったようにお見受けいたしましたが……」

「うっ……そうなんだけど……。ちょっと手札が足りないというか……」

直球で「結婚できません！」は通用せず、むしろ、一理ある論で返されてしまった。

となると、「やだやだ結婚できないもん！」というお気持ちだけで勝つには厳しい相手と判ずるしかない。

「ちょっと、様子を見てるの。なんとか勝利の一手を切り込む隙《すき》がないか……」

「……まあ、アルメリア様が頷《うなず》かなければ成立しないわけですから……アルメリア様さえ気をしっかり持ち続けていればよいことではありますが……アルメリア様が……アルメリア様が……。……アルメリア様が、ねえ………」

「な、何度も『アルメリア様が……』っていうのやめてくれる⁉　不吉《ふきつ》だから！」

「失礼いたしました。アルメリア様は根負けなんてなさいませんよね」

「……あの、そういうのわざわざ言うのやめて？　フラグみたいだから……」

フラグ？　と聞き慣れない言葉に首を傾げつつ、マルテは「承知いたしました」と引き下がってくれた。

しばらく、静かな昼下がりの居室で読書を楽しむことにする。グラジオが帰ってくる報《しら》せを受けてから、なんだか気持ちが落ち着かなくてゆっくりと読書に集中できなくて、最近発売されたばかりのシリーズ最新作を読めていなかったのだ。

（はー、この世界に製本技術がちゃんとあって、小説とか本とかが流通している世界観でよかった……）

中世西洋風世界だけれど、わりと都合よく現代っぽい技術があったり、考え方がわりと現代的だったりするのが地味にありがたい。ここが日本製乙女《おとめ》ゲームの世界でよかった。

元々物語の世界に入り込むのが好きな私はありがたく読書を楽しんで優雅《ゆうが》な時間を過ごしていた。ラブロマンス、読むのは好きなんだけど、自分に置《お》き換《か》えるのは苦手なんだよなあとつい思いつつも。

(義弟とのラブロマンスとかも……物語の中でならわりとよくある話だけど……)

気持ちにノイズがありながらだと、なかなかページを読み進められなくて困る。

微妙《びみょう》に集中しきれないまま読書をしていると、コンコンコンとノックの音が響いた。

部屋のすみに控《ひか》えていたマルテが私の代わりに出てくれる。

「アルメリア様。グラジオ様です」

「……わかったわ」

グラジオかあ、と思いながら、しおりを挟《はさ》んで本を閉じる。

また求婚かなあ、と思いながら、マルテに入ってもらうようにと伝えてもらう。ほどなくして、グラジオが部屋の中に入ってきた。

「突然《とつぜん》ごめん、姉さん。くつろいでた？」

「ええ、まあね。グラジオも今日はどこにも行かなくていいの？」

「ああ、今日は一日予定がない日だ」

家に戻ってきてから、グラジオはなんだかんだいろんなところに出かけていた。グラジオは王都騎士団の所属となっているらしく、本格的な勤務開始はもう少し先だそうだけれど、勤務内容などの相談や調整、事務的な諸々をするために、王都騎士団の事務所に通ったり、なにやらその絡《から》みでか、王城に赴《おもむ》いたりと、こまごまと忙《いそが》しくしていた。

「勤務は来週からでしたっけ」

「ああ。せっかく久しぶりの帰宅だから、家族と過ごす時間も欲《ほ》しいと言ったら考慮《こうりょ》してもらえて」

「そう」

……そう、家族なのよね、私たち。ちゃんとそういう理解はしてるみたいだけど、でも、私と結婚したい、と。うーん、どうしたものか。

「今日はどうしたの？　グラジオ」

また求婚かなあ、と思いつつ、一応聞いてみる。

すると、予想に反してグラジオは眉尻《まゆじり》をわずかに下げて、切なげに私を見るのだった。

ほ、本当にどうしたの、グラジオ。

「今日は姉さんに謝ろうと思ったんだ」

「えっ……」

ど、どうしたの。本当に。ほんとに？

「今まで、一方的に気持ちを伝えすぎていたと反省した」

「それは……まあ、そうね」

フォローのしようもない事実である。

（えっ、これ、もしや……棚《たな》からぼたもちが降ってきそう……？）

口に出したらこの世界では全員から「なにそれ？」と言われそうなことをつい思ってしまう。私は期待のこもった目でグラジオを見上げた。

グラジオは目が合うと、目をゆっくりと狭め、優《やさ》しく微苦笑《びくしょう》する。

「……姉さんからしたら突然のことだよな。悪かった」

「グラジオ、そんな……」

そんなふうに気にしないで、と言いかけたところで、グラジオの言葉が続く。

「姉さんが俺をそういうふうに見られるようになるまで俺、頑張るから」

「ぜ、全然あきらめる気ゼロだ……」

さっきまでの「ちょっと気にさせすぎちゃったかな、申し訳ないな」という気持ちが一瞬《いっしゅん》にして吹《ふ》き飛《と》ぶ。元気だ、全然元気だ。

こんなごもっともな反省に気がついたのに、どうしたら着地点がここまで揺るがないでいられるんだ。

「当たり前だろう。俺はそのために生きているんだから」

生きる意味にしちゃってるの、それ。

あまりにも揺らぐ気配のないグラジオに、私の方がクラクラしてくる。

(……強い、心が……強い……)

いや、彼をそうなるように育てたのは……私だ。ハッとする。

周りの言葉や目に流されないように。しっかりと主軸《しゅじく》を持てるように。自信を持って、自分の意思を貫《つらぬ》けるように。

(やはり、これは……私の教育の敗北……！)

もう一度気持ちを引《ひ》き締《し》めなおそう。グラジオをこうさせたのは私。ならばやはり、私はこの尻拭《しりぬぐ》いをしなければならないのだろう。

これ以上負けてはいけない。

「姉さん、どうしたら姉さんは俺をそういう目で見てくれるようになる？」

私と結婚するのを目標に生きていると豪語《ごうご》したグラジオは迷いゼロのキラキラな目で問うてくる。

「な、なるほど。それを聞こうとしたの。仕切り直し、ってことね……」

「そうだ。どうしたら俺をそういう目で見てくれるようになるのか教えてくれ」

「どうって言われても……」

返事をしないでいるとさらに近づいてきて、ぎゅっと手を掴《つか》まれながらもう一度問いを繰《く》り返される。

変な話、この距離に違和感《いわ》や拒否感《きょひ》がないのは、やっぱりグラジオが私の義弟だからだ。異性であればこれだけ近づかれたら、もう少し意識する。グラジオのほうこそ、実は『姉』だと思っているからこそこんなふうに躊躇《ちゅうちょ》なく近づけるのでは？　と思ったりもする。

「姉さんってずっと呼ばれてるし、姉さんって呼ばれたらやっぱり……」

「——名前で呼んだら俺のことを男として見れるようになる？」

「えっいや、そういうわけじゃ……」

言葉のあやというか、単なる呼び方の問題でなくて、気持ちの問題なのだが。

グラジオは切れ長の赤い瞳で、まっすぐに私を見据《みす》えた。

「それならいくらでも呼ぶ。アルメリア」

「……!?」

「……アルメリア。アルメリア、これでいい？」

ぎゅう、と名前を呼ばれるのと同時に、重ねられた手のひらの指の隙間にするりとグラジオの骨ばった長い指先が絡んでくる。

「わあああ……!?」

バッとその手を払《はら》って狼狽《うろた》える。

なんだろう、これは、なんだか、とてもよくない気がする。

グラジオの声がすっかり大人の男の人のものになっていることに気がついてしまった。

声変わりしたばかりの時も、一緒に過ごしていたというのに。初めてグラジオの低い声を聞いたというわけでもないのに。

(開いてはいけない扉《とびら》を開いてしまった気がする！)

なんだか一気に耳が熱くなって、慌てて耳元を押さえる。手のひらのひやりとした感触が心地《ここち》よい。

(いっ、いや！　気をたしかに！　別に、呼び方の問題じゃないんだから！)

「な……なあに？　グラジオ」

姿勢をシャンと正して、グラジオと向き合う。顔はまだ赤い気がしたけど。あんまり怯んだ姿を見せるのは、よくない、姉として。

グラジオはなぜか少し驚《おどろ》いた顔をして、しばらく口をわずかに開いたまま無言でいたけれど、不意に苦笑《くしょう》を浮かべたかと思うと、髪《かみ》を軽くかきあげ、首を横に振った。

「……やめとこうか」

「えっ、あ、あ、うん、ありがとう……」

「姉さんのあんまり見られない顔を見られたからよかったけど。……俺にああいうこと言うなら、姉さんも、もう少し慣れて」

「……はい」

って、ここの返事は『はい』でよかったのかしら。つい流れで答えちゃったけど。

（うん……⁇　慣れる……いつかは『アルメリア』って呼ばれるようになるってこと？

……私が、グラジオを……そういう目で見るようになるってこと？　グラジオから異性として見られていることに、慣れる……⁉）

深く考えると、深淵《しんえん》にハマりそうだったので、私はここで思考を放棄《ほうき》した。

そも、これは考えるべきことではない。だって、私はグラジオとはそういうことにはならないんだから。

「……アルメリア様。僭越ながら申し上げます。むしろ『これ、イケそうでは？』って思わせちゃってません？」

「嘘でしょ」

「外野のわたしとしては……ですが、真相はグラジオ様のみぞ知るやつですね」

「マルテ。あなたにそう言われると本当に怖《こわ》いの、やめて」

「……まあ、『もう遅《おそ》い』ってやつですね」

――マルテは、どういうテンションで、どういう気持ちで私に仕えてくれているんだろうかとふと思った。ポーカーフェイスクールビューティメイドさんは大好きだけど、スッと確信をつくようなことしか言わないの、本当怖い。

それからも猛攻《もうこう》で、ずっと毎日毎日結婚しようと迫《せま》るグラジオ。

朝のダイニングで、お昼の庭園で、夜のムーディなベランダで（バッタリ会うならともかくなんで好かれてるってわかってる相手に誘《さそ》われて普通《ふつう》に行っちゃうんですか？　とマルテに突《つ》っ込まれた。行く前に突っ込んでほしかった）。

グラジオの王都騎士団の勤務も始まって、顔を合わせる機会は減った……かと思いきや、体感そこまで頻度《ひんど》は変わらない。

私としても、教育者としてグラジオと向き合わなくてはならないと思っているのだから受けてたつぞという気持ちもあるが、どうにも平行線が続いている。

グラジオは頑固《がんこ》で一途《いちず》で揺らぎのない男子だった。小さい時からその傾向《けいこう》はあったな～と思いつつ、成長に伴《ともな》い、さらに強固になっている気がする。

グラジオが私をみる目はまっすぐで、私に感じている好意に一切の疑いがないようだ。何度も切々と「その好意は家族愛にすべきだ」と語っても、聞き入れる様子はない。

「姉さんは俺のこと、嫌《きら》い？」

ふと、グラジオはこんなふうに言うときがある。

「きっ、嫌いなわけないでしょ⁉」

そして私は、そんなわけないじゃないかと思わずいきりたって答えてしまう。

変な話だが、グラジオは時として、自ら退こうとするときがある。そして私はなぜかそれを引き止めてしまうのだ。

「はあ……どうしたらいいのかしら」

マルテと二人きりの自室でぐでっと伸びをしながら呻《うめ》いてしまう。

付き合いの長いマルテはぐでぐでになっている私を嗜《たしな》めることはせず、冷静な目をしていた。

「アルメリア様。いっそ、嫌《きら》いと言ってしまえば？」

「……ダメよ、それでグラジオを諦めさせるのはただの逃げだわ」

私はグラジオの教育の責任を取らなければ。『嫌いだから結婚できない』ではなくて、

私はあなたの家族だから恋愛関係になるわけにはいかないのだと学ばせなくてはいけない。

（『私』しかいなかったから私を好きになるんじゃなくて、外の世界のいろんな人に会って、その中で自分で選んでちゃんと好きになれる人を見つけてほしい）

せっかくグラジオはあれだけ立派に成長したのだから、誰とでも恋愛ができる可能性があるし、権利がある。たまたま義姉だったから、というだけで彼が素敵《すてき》な女性と恋《こい》に落ち

る権利を奪《うば》ってしまうわけにはいかない。

「しかし、今のちょろそうな態度があまりよろしくないようにもお見受けしますが」

「うっ……まあ、もう少し、毅然《きぜん》としていなければとは思ってるけど……」

……そろそろ、頃合《ころ》いかもしれない。

私は深いため息をついた。


ある日のこと、もはや日課のように「結婚しよう」と声をかけてくるグラジオに、私は語りかけた。

「ねえ、グラジオ。あなた、忘れてない？」

「何をだ？」

「私は王太子殿下《でんか》の婚約者なのよ。……あなたと結婚できるわけ、ないじゃない」

そう、これは私の最強カードである。

さっさとこれを切ればよかったのでは、と言われるとそれはそれ、これはこれ。

私はグラジオに「王太子の婚約者は荷が重い」という話をしてしまっている。そこを突かれると、弱いのだ。ならば、「私はあなたと結婚できない！　私の気持ちとしてそれは望ましくないから！」を理由にしたほうが通りがよさそうと判じて、いままでそれを起点にして戦ってきた。けれど、やはり、どうにもならない――ならば仕方ないと、満を持してこのカードを切ったわけだ。

(運が良ければ、ワンチャングラジオもあの時のやり取りなんか忘れてるかもしれないし……そもそも、『王太子妃《ひ》になんてなりたくない』なんてわがままで気楽に婚約破棄《はき》なんてできないんだから、それを根拠に戦えばいい……!)

あなたは姉の私とは結婚できません、それは社会的には普通のことです、いずれ家族に抱く情からは卒業して家庭外の人間と恋をするべきなんです——とここから促していきたい。

「それは瑣末《さまつ》なことじゃないか? 破棄すればいいだけなんだから」

悶々《もんもん》と考える私に対し、グラジオは至極《しごく》あっさりケロッと言い放った。

「いやいやいやいや、国の王太子殿下との婚約を軽々しく破棄すればいいだなんて言えないわよ!?」

「俺は言えた!」

「胸を張るな! ダメでしょ!!」

なんでグラジオはそこでドヤ感を出す? ってところでドヤ感を出すのだ。性根《しょうね》は卑屈なのに!? 今でもきっかけあれば卑屈るのに!? なんでこんな子に。いや、そう育てたのは……私だ……。

「とっ、とにかく! まずはこの婚約関係をどうにかしなければ! あなたとは結婚できません！」

指先を突きつけ、ピシャリと言い放つ。

……効果は薄いかもしれないけど、多少の時間稼《じかんかせ》ぎ程度にはなってほしい。

「……わかった」

グラジオは片眉《かたまゆ》をしかめながら、答える。わかったんだろうか、本当に。

「つまり……王太子殿下と婚約破棄の約束を取り付ければいいんだな。わかったよ、姉さん。俺、やるよ」

グラジオはすっくと立ち上がった。そして、ドアに向かって歩き出す。

「違う！　曲解しないで‼　何を『やる』の⁉」

慌てて私もガタガタと音を立てて椅子から立ち上がって、グラジオの服の裾《すそ》を掴む。

「何って……だから、王太子殿下に婚約破棄するようにと詰《つ》め寄《よ》ろうと」

「やめなさい！　不敬よ！」

私とグラジオの「結婚しよう」「結婚できません」の攻防《こうぼう》戦はまだまだ到底《とうてい》終わりが見えそうになかった。

四章　ゲームシナリオ、開幕

「姉さん、王太子殿下《でんか》との婚約《こんやく》が解消になったよ」

「え」


ある日の朝のことだった。

ガチャン、と陶器《とうき》の食器の音が静かな朝のダイニングに響《ひび》いた。ぴったり三人分のである。私、お父様、お母様の三人は揃《そろ》ってグラジオの発言に、動揺《どうよう》を示した。

「ま、待ちなさい、グラジオ」

そう言ったのは誰《だれ》の言葉であろうか。誰が言ってもおかしくない言葉であった。三人で一緒《いっしょ》に言ったかもしれない。

「殿下とは話をつけた。これで憂《うれ》いはないよな？　俺とけっこ――」

「グラジオ？　そ、その話は、込み入りそうだから、まずは朝ごはんを食べようか。あとでゆっくり……」

お父様に遮《さえぎ》られ、グラジオは少し不満げな表情を浮《う》かべるが、お父様の制止を受け入れたようで以降は大人しく静かに食を進めた。

（お、おほほ……）

虚無《きょむ》のまま食べるご飯、いつぶりだろう。最近もあったなあ！　なんて思いながら味のしない朝ごはんを私も大人しく食べ進めた。

そして、朝食を食べ終え、ちょっと場所を変えて家族会議を、というところで、侍女《じじょ》マルテが我々に声をかけてきた。

「アルメリア様、グラジオ様。王太子殿下がお呼びです。……恐《おそ》らく、『そのお話』かと……」

「……アルメリア、グラジオ、行ってきなさい。話は……また後で」

「はい、お父様……」

げっそりしているお父様を見ていると、「はい」以外の答えなどなかった。

たいしてグラジオはなんだかツヤツヤの顔でキラキラしていた。

「やあやあアルメリア。グラジオ。よく来たね」

王城についてすぐ、客間に通された私たちをニコニコのサイラス様が出迎《でむか》える。

「あの、サイラス様？　婚約解消って……」

戸惑《とまど》いまくりの私の横で、グラジオがスッと一歩前に出てサイラス様に頭を下げる。

「サイラス様、この度《たび》は格別のご対応ありがとうございました」

「いやだな、そんな畏《かしこ》まらないでくれよ。僕と君の仲じゃないか」

（どういう仲？）

グラジオとなんだか仲のよさそうな様子のサイラス様。いやほんとマジでどういうこと？　思わず前世訛《なま》りが出そうになる。

（まあ、グラジオとサイラス様の交流はなかったわけじゃないけど……）

私がサイラス様とのお茶会でぶっ倒《たお》れたあの日以降、サイラス様は私とグラジオをセットで呼ぶのが恒例《こうれい》になっていた。

そしてニコニコと私たちを眺《なが》めるのだ。グラジオはいつもサイラス様を警戒心《けいかいしん》バリバリの目で睨《にら》んでいるから私は気が気じゃなかったけど。

（……いや、仲、あんま……よくないよね……？　サイラス様のほうはともかく、グラジオはサイラス様のこと全然好きそうじゃなかったよね……？）

私が知らない場所で二人は、知らない交友を深めていたんだろうか……。わからない。

ゲームシナリオでは特に接点はない二人だったし、本当にわからない。

「この特等席を失ってしまうことには僕も悩《なや》んだんだけど……僕のせいで君たちの関係が進まないというのもナニかなって」

やたら目をキラキラとさせながらサイラス様が語りだす。

「ナニかな……って⁉」

「グラジオが……君のことを想《おも》う姿をみて僕は、この世界に彩《いろど》りを感じたんだ。面白《おもしろ》い君、そんな君に恋《こい》する義弟《ぎてい》……この二人の輝《かがや》きをいつまでも追っていたいと」

（待ってこのセリフ……ゲームだとルート確定イベントの時にサイラス様がヒロインに言うセリフにくりそつなんだけど⁉）

私と義弟の関係性を面白がることに彩りを見出《みいだ》してしまった、それすなわちヒロインの役割を奪《うば》ってしまったということでは？　思わず焦《あせ》りから額に汗《あせ》が滲《にじ》む。

（そういえば……グラジオが悪さをしていないということは王都に瘴気《しょうき》が吹《ふ》き出《だ》すこともないわけだけど、そうなるとヒロインも普通《ふつう》の女の子としてひっそりと生きることになるのかしら？）

ふと疑問を覚える。

……もしかして私は、本格的にサイラス様の未来を奪ってしまったのではないか。主に、恋愛《れんあい》面での。

これじゃあ完全にカップリング推《お》しのオタクお兄さんみたいじゃないか。恋愛面だけでなくて、全体的に、これでいいのか未来の王、みたいになってはいないだろうか。

「そういうわけで、サイラス殿下も俺たちを応援《おうえん》してくれているらしい。姉さん、結婚《けっこん》しよう」

「流れるように求婚《きゅうこん》してくる!!」

王太子殿下の御前《おんまえ》で白昼堂々グラジオは私に跪《ひざまず》き、求婚してくる。スピード感とシチュエーションがおかしいんじゃないかな！

「グラジオ、僕がいるのにアルメリアも恥《は》ずかしいんじゃないかな。僕はその辺の茂《しげ》みにいるからちょっと二人で中庭にでも出て……」

「茂みにいるんですか!?」

「おや、口が滑《すべ》った。まあ報告は後で聞くから……ね」

グラジオに目くばせし、ウインクするサイラス様。

（ねえ、なんの協定結んでるのこの二人。グラジオ、あなた家に帰らなかった間、サイラス様となにかしてた……？）

二人の謎《なぞ》の協力関係に唖然《あぜん》とする。

サイラス様、あなたは、私の手持ちの最強カードだったのでは？　裏切り？　お互《たが》い都合がいいから一緒にいい時がくるまで婚約関係でいようね♡って言ったのに？

自然と顔がひきつり笑いになっていた。

（外堀《そとぼり》が……着実に埋《う》まっていっている……）

さて、呆然《ぼうぜん》としながら馬車に揺られて家に帰ってきた私たち。

「姉さん、怒《おこ》ってる？」

玄関《げんかん》をくぐるなり、私の顔を覗《のぞ》き込みながらグラジオは言ってきた。

「……すまない。さすがにやりすぎたよな、殿下と婚約解消までさせるなんて……」

「……ビックリはしたけど……」

どちらかというと裏切りを感じたのはサイラス様に対してだ。グラジオが私に並々ならぬ執着《しゅうちゃく》を抱いていることは百も承知なわけで。

（約束したのに！　お互いいい時期がくるまで婚約関係でいようって！）

それを一人だけ満面の笑《え》みでお楽しみで婚約解消してくるなんて！　むしろ私こそヒロインが現れたらあなたとヒロインのカップリングを見守りたかったけど⁉　なんでメイン攻略《こうりゃく》対象のヒーローが義姉弟《ぎきょうだい》の恋愛模様楽しむポジションに収まろうとしてるのよ！

あらゆる観点から見ても、サイラス様は裏切り者と言わざるを得ないだろう。

……いや、まあ、グラジオもやりすぎはやりすぎだけど。

「まだ公《おおやけ》にはしていないことだ、姉さんと殿下に気持ちがあるなら撤回《てっかい》しても……そんなに落ち込ませるとは思っていなかったんだ」

「えっ？」

しゅんと落ち込むグラジオの顔をぱっと見上げる。

「な、なに言ってるのよ、私、別にサイラス様のことはどうでも……どうでもって言っちゃうと申し訳ないんだけど、気持ちがあるとかはないから！」

「そうなのか？　なんだか、落ち込んでいたから……」

グラジオは掠《かす》れた声で続ける。

「姉さんは、将来王太子妃《ひ》になってしまうのは気が重いと言っていたから、本心では婚約を破棄《はき》したがっているんだと思ってた」

「え？」

グラジオにその話をついポロッとしてしまったことは私も覚えている。もしかしたら、グラジオの方はワンチャン忘れているかも――と思っていたけどしっかり覚えてくれていたようだ。

本当に小さなことでもなんでもよく覚えている男だ。

「姉さんも喜ぶかと思ったんだ。……俺との結婚はひとまず置いといても、殿下との婚約関係がなくなるのは」

「グ、グラジオ」

私のため、と思っていたのね、とちょっとじーんとなる。やり方は強引《ごういん》かつ一方的すぎるけど。

「そんなふうに思ってくれていたのね。私がガッカリしてるように見えたのは、サイラス様との婚約関係が惜《お》しいからじゃないわ。そこは安心して」

「姉さん……」

「今でも、王太子妃は気が重いし、嫌《いや》だと思ってるし、サイラス様のことはよい友人とは思っているけど、恋愛感情みたいなものはないわよ」

「そうなのか？」

グラジオは怪訝《けげん》な顔を向けてくる。

「サイラス様とはお互いちょうどいいから婚約者同士でいましょう、って話をしていたの。でも、それを一方的に相談なしで婚約解消ってされたから裏切られた気持ちになっただけ」

「……そうか」

「もう、でも、それにしたって一言言ってくれてもいいのに。いつの間にか二人でそんなこと決めちゃって」

ちょっと口をとがらせながらそう言えば、グラジオが「ああ」と少し目を丸くしながら答えてくれた。

「殿下が『そんなにアルメリアのことが好きなんだ～、じゃあもう僕たち婚約解消しとこうか？』って仰《おっしゃ》ってくださったから……」

「軽っ！」

そんなんで乙女《おとめ》ゲームのメインヒーローほんとにできんの⁉　という軽さだ。せめて私に相談しろ、新鮮《しんせん》な驚《おどろ》きを提供しようとするな。

「そ、そうなのね、そんな軽さで言われたら、逆に、『あ、いいんだ』とも……思う……かな……」

思うかも。うん、なんかグラジオはあまり悪くない気がした。サイラス様の軽さがいけない。そんなキャラだったたっけサイラス様。

……幼少期からオモシロを提供しすぎたんだろうか、私が。

本当はヒロインによって彩りが与《あた》えられるべき人に、私なんかがいたずらに刺激《しげき》をあげてしまったから……こうなった……？

（サイラス様はいうなれば友人だけど……っ、これも一つの教育の敗北なのかもしれない……！）

私、周りの人を育てる才能ないかも。わりとみんなめちゃくちゃになってる。

唯一《ゆいいつ》マルテは正統派に育っている気がするけど、別にマルテのことは育ててるわけじゃないしな……いや、サイラス様も育ててはないけど……。

「……姉さん、困らせて悪かった」

「グラジオ」

グラジオが目を伏《ふ》せながら言う。

グイグイ行くわりに、後から冷静になってまともなことを言って反省するパターンの多い男だな……と思う。それも、生来の卑屈《ひくつ》な性格、自分の根っこの部分で自信のなさがあるゆえか。

（もう少し……自信がない性質なのと無駄《むだ》に揺《ゆ》るぎなさすぎるところ、もう少しバランスよくいけなかったものだろうか……）

情緒《じょうちょ》のスイッチというか、攻《せ》めるときと引くときが極端《きょくたん》すぎる。

「……俺のことがそんなに嫌なら、もう……」

身を引こうとするグラジオに、幼かったときの彼がフラッシュバックする。

咄嗟《とっさ》に私は彼の腕《うで》を引いた。

グラジオはハッと目を見開く。

「……怒ってない？　嫌になってない？」

「怒ってない、嫌《きら》いになるわけがない」

グラジオの服の裾《すそ》を摑《つか》みながら、答える。

「俺はまだ姉さんのことを諦《あきら》めないでいい？」

まっすぐなグラジオの目に、ドキリとする。

グラジオは、きっと、本気で私のことが好きだ。これが成長の過程で身近な存在に抱《いだ》く感情を誤解したままのものだったとしても、彼にとったら、私が好きという感情は、紛《まぎ》れもなく本物だろう。

小さく頷《うなず》く。

だけど、「諦めないでいい？」という問いにハッキリ答えることができなくて、曖昧《あいまい》に

弟と結ばれるべきではない、と思う。私はそう思う。本物の姉弟ではないとしてもだ。

（私は……）

そして、帰路につき、自室に戻《もど》ると私はベッドにばたりと倒れこんだ。

（――私のばかばか～！　そこは心を鬼《おに》にするところだったでしょうが～！　あんなにグラジオに私を諦めさせるって意気込んでたのに、どうして!!）

頭を抱《かか》えながらベッドの上でじたばたとする。

どうして私はグラジオのことをはっきり断れないんだろう、そういう目では見れないのに。グラジオは身を引こうとすることすらあるというのに。

（グラジオがガッカリする姿を見たくないから……？　振《ふ》られたショックで闇堕《やみお》ちしちゃうかもしれない、って思ってるから……？）

グラジオが身を引こうとした瞬間《しゅんかん》、なぜだかフラッシュバックした幼き日の彼の姿。今ここで、彼を離《はな》れさせるわけにはいかない、と気づけばグラジオの腕を引いていた。

（ダメでしょ、私はグラジオとは結ばれちゃいけないって思ってるのに、そんなことしちゃ……）

自分でも自分の気持ちと、考えていることがハッキリせず、私は年甲斐《としがい》もなく大きなため息をつき、バタンと大きく寝返《ねがえ》りを打つのを繰《く》り返《かえ》すのだった。


それからそう間を置かず、私はサイラス様に呼び出しを受けた。

「ごめん、この間の婚約解消の件だけど……まだしばらく公的には君に僕の婚約者でいてもらっていいかな？」

「それはかまいませんが……」

ほとんど昨日の今日で、いったいどうしたと言うのだろう。

深刻そうな表情をしているので、なにか訳ありの雰囲気《ふんいき》だ。

「先日、突如《とつじょ》、王都に瘴気が湧《わ》きだしてそこから魔物《まもの》が大量に現れる事件があった」

「えっ」

それは、ゲームの……導入の事件の、アレではないだろうか……。

もしかして、と背中がぞわぞわしてくる。

「……原因は目下調査中だ。瘴気はすぐに鎮《しず》めることができたから、混乱を避《さ》けるため、この事件は公表していない。そして、実はそのとき、瘴気を鎮めた人物がいたんだ」

「！」

……それは、もしや。

「一般《いっぱん》市民の少女が、たまたま現場に居合わせていて、瘴気を鎮めた。彼女のことを王宮でしばらく匿《かくま》うことになった」

「……そうなんですね」

もしかしなくても、ヒロインだ。奇跡《きせき》の力を持つゲームヒロイン……。

「ちょうど僕たちと同じ年頃《としごろ》の女の子なんだ。彼女を見かけた人からあらぬ噂《うわさ》をされるのを避けたい。僕には婚約者がいる、やましい理由で彼女を王宮に住まわせているわけではない。あくまで彼女は『聖なる力を持っているから』保護されたにすぎないのだと納得《なっとく》してもらうために、君にまだ婚約者でいてほしい」

「なるほど、そういうことですね」

ゲームシナリオでも、たしか同じ理由で匿うことになって、サイラス様はアルメリアに「そういうわけだから変な憶測《おくそく》で癇癪《かんしゃく》は起こさないように」と重々注意をしていた。

とうとう、ゲームシナリオが始まってしまったのか……と険しい表情を浮かべていると、サイラス様はニコ、と微笑《ほほえ》みを向けてきた。

「なに、心配はいらないよ。ちゃんとほとぼりがさめたらグラジオと……」

「いえ!!!!　まったく構いませんので!!」

思わず食い気味に口を挟《はさ》む。

「あはは、どのみちいずれは時期を見て婚約解消しようとは話してただろう？　ちょっと早まっただけで」

「サイラス様はそれでいいんですか、フリーになったらワッと囲まれますよきっと！」

「僕も大人になったんだ、そう簡単にはされっぱなしにならないよ」

（つ、つよい……）

でも、ヒロインが登場するなら……もしかしたら、このままサイラス様とヒロインが結ばれるルートになるのだとしたらサイラス様的にはスムーズなのかも……？

「じゃあ、さっそくだけど、彼女を紹介《しょうかい》しよう。彼女の方にも君のことは同様に説明してあるよ」

「形ばかりの婚約者……だと？」

「うん、まあ、そんなところかなあ」

サイラス様はのほほんと笑いながら答える。

（この笑顔《えがお》、あやしい……）

なんか変な感じに紹介してないだろうか……とハラハラしつつ、彼女……ゲームヒロインがやってくるのを待つ。

ほどなくして、ドアがノックされて、従者が一人の少女を連れてきた。

「し、失礼いたします……」

小柄《こがら》だけれど、スラリとしたコンパスの長い手足、亜麻《あま》色の美しいストレートロングヘア、丸っこいブラウンのかわいらしい瞳《ひとみ》。素朴《そぼく》なエプロンドレスを着ているが、思わず背景にキラキラが舞《ま》っているように錯覚《さっかく》するような美少女である。

（うわー！　ゲームヒロイン……かわっ！）

ひさしぶりに前世のオタクがついログインしてくる。ゲーム中だとスチルで後ろ姿とか丸っこい頭だけ……手だけ……とかだったけど、実物はこんなにかわいいとは！　いや、そりゃあかわいいだろうけど！　設定資料集のラフでしか彼女の顔と全身は見られることがなかったから、こんな至近距離《きょり》で生きて動いているヒロインを見たら感動するのもやむなしだろう。

「はじめまして、ジニアと申します。このたびはわたしのために、申し訳ないことを……あの、本当はグラジオさんという恋人《こいびと》がいらっしゃるとか……」

しかし、その感動は一瞬《いっしゅん》で引っ込んだ。待て待て待て、グラジオさんという、恋人……？

「いえ、恋人ではなくて義弟で……」

「えっ、あっ、す、すみません、き、禁断の……ということでしたよね……っ？」

キラキラお目目でグッと拳《こぶし》を固めて言われ、思わず怯《ひる》む。

圧倒的《あっとうてき》ヒロイン力のかわいい顔面と子犬のような潤《うる》んだ上目遣《うわめづか》いをするんじゃない、強く否定がしづらくなる。

「い、いえ……」

「わたし、そういうの……応援してます。……ぽっ」

「いや、『ぽっ』じゃなくて、違《ちが》くて」

アッハッハと背後でサイラス様があっけらかんと笑う。

「ごめん、君たちのこと説明するときにいささか盛り上がってしまって……」

「サイラス様……？」

「姉弟、禁断の恋、わ、わたし！　そういうの応援してますっ」

ジニアはかわいらしい弾《はず》んだ声で言う。

「いや、あの、ちがくて、姉弟と言っても、義理ですし、あの」

「まあいいじゃないか、好意的に見られてるんだから」

「そんな軽く済まさないでくれます⁉」

はー、とガックリと肩《かた》を落とす。

そういえば、ゲームヒロインのジニアは『ちょっと天然』という設定だった。天然ゆえにちょっと豪快《ごうかい》な展開とかびっくり設定なヒーロー達にも誠心誠意向き合える、というキャラ付けがされていた。よく言えば純真、しかし、言い様によっては騙《だま》されやすく思い込みが激しい――。

「外堀埋められ済の人が増えてしまったのならしょうがない。

もう、そういう風に説明されてしまった……」

「とりあえず……状況《じょうきょう》は把握《はあく》いたしました。私からは文句はございません」

「ありがとう、君ならそう言ってくれると思っていたよ。まあグラジオはわからないんだけどね！　まだグラジオには『婚約解消やっぱもう少し待って』って話はしてなくてね」

（なんで楽しそうに言うのよ、波乱を楽しみにするんじゃない！）

グラジオがぎゃんきゃん文句を言うのをさも楽しみにしてそうなサイラス様はさておき。

彼女、ジニアはごく普通の王都生まれの少女である。

運悪く、火事で家と両親を亡《な》くし、王都をさまよっていたところ瘴気事件に巻き込まれ、聖女の力を発現させる……というのがゲームシナリオでの導入である。今目の前にいるジニアも同じ境遇《きょうぐう》のようだ。

「せめてご両親が健在なら王宮で匿うまではしなかったんだが……不幸なことに、住む家にも困っているようだったからね」

「大変だったわね、ジニア」

「はい、これからどうしようというときに、急に路地裏から瘴気……？　が噴《ふ》き出《で》てきて……なにやら、私に特別な力がある、とのことで、私にも……その、よくわからないのですが」

困惑《こんわく》しながらジニアは話す。ゲームシナリオでもこういう感じだった。自分でも無自覚な聖女の力を高めていき、一定期間ごとに現れる瘴気と魔物のトラブル解決、関わってくる様々なイケメンと恋愛イベントをこなしつつ、最終的には魔物と契約《けいやく》して本格的に世界を滅《ほろ》ぼそうと動き出したグラジオを倒してエンディング……というのがおおまかなシナリオだ。

「そうね、何か困ったことがあればいつでも私にも声をかけてちょうだい。助けになれることがあるのならなんでもするわ」

「ありがとうございます……！　アルメリア様にもそんなふうに仰っていただけるなんて、心強いです！　本当に良《い》い方なんですね、アルメリア様」

「ええ……？」

あまりにも目をキラキラさせながら言われて困惑する。ジニアはニコッと笑って言葉を続けた。

「サイラス様が、アルメリア様は口では変なことを勢い余って言ってばかりだけど行動がお人好《ひとよ》しそのもので面白いと仰ってました！」

「サイラス様!?」

どういう紹介だ？　というかそんなことしていたつもりはないが??

「なんか色々考えてるみたいだけど……意図しない方向にうまくいきがちで『げっ』て顔しているのが僕はいいな、って思ってて」

「そんな爽《さわ》やかな顔で面白がらないでください⁉　というかそんなふうに思ってたんですか？」

「うん。ずっと一緒にいたら疲《つか》れそうで嫌だけど、このくらいの距離感で見てる分には面白いから……」

きょとんとした表情で全く悪びれた様子なくサイラス様は言ってのける。

（乙女ゲームのメインヒーローの言動じゃない！）

大丈夫《だいじょうぶ》か、これ、ゲームシナリオが始まってはいるけど、こんなサイラス様とジニアの間に恋愛イベントは……生まれる……のか……？

（わ、私はやっぱり、サイラス様から……ヒロインという『初めて出会うおもしれー女』の感動を奪ってしまったのでは……？）

早々にジニアのサイラスルートの終わりを予感してしまった。……でも、サイラス様以外にも攻略対象キャラはいるはずだし……なんならゲームじゃないんだから、攻略対象じゃない普通の男の人と恋に落ちたっていいんだし……せめてジニアはいい人と幸せになれるわよね……？

ヒロインには幸せになってほしいと願うタイプのプレイヤーとしては非常に不安で顔が

青くなる。ジニアはこの世界で幸せになれるのか？　恋愛だけが人生の全てじゃないけど、でも、だけどさあ。

サイラス様は……この人、こんな感じでまともな恋愛ができるか怪《あや》しいけど……。……大丈夫かな……。

サイラス様の将来に不安を感じながら、自宅に戻る。

自室に入り、くつろぎやすいゆったりとしたドレスに着替《きが》えるなり、私はばたんとベッドに倒れ込んだ。この間グラジオへの対応でやらかして悶々《もんもん》としていたときは着替えもせずにばたん、だったから、同じばたんでも今日はちょっとマシである。

サイラス様はひとまず置いといて……。

（グラジオは闇堕《やみ》ちしていない。それなのに、シナリオ通りに瘴気は生まれて、聖女《ヒロイン》が現れた…？）

嫌な予感がして、胸がざわつく。

私の知らないところでまさかグラジオが、と頭によぎってしまい「そんなわけはない」と首を横に振る。

（干に私に対してちょっといきすぎなところはあるけど、それ以外は本当に立派に育ったんだもの。私とのことだって、たまに我に返って反省して落ち込みかけるけど、基本的には前向きすぎるくらい前向きで、困ってるんだから……）

ゲームのグラジオが悪魔《あくま》の封印《ふういん》を解き、少しずつ王都に瘴気を生まれさせていたのは、この世界に絶望感を抱き、世界を滅ぼそうとしていたから。

（もっと言うと、姉への歪《ゆが》んだ愛憎《あいぞう》で姉と心中するために……）

基本的にヒロイン視点で進行するゲームシナリオ。唯一『幕間《まくあい》』としてグラジオ視点で書かれたエピソードを思い出す。

グラジオが義姉アルメリアへの思慕《しぼ》を語りながら、アルメリアを刺殺《しさつ》するというシーンだ。この幕間が終わると、ゲームは一気に終章に入る。

プレイヤーにとっては、悪辣《あくらつ》な義姉であり、奔放《ほんぽう》にヒロインや他攻略対象キャラにちょっかいを出しては傷つけて回る悪女アルメリアがあっけなく殺され、そしてグラジオが瘴気騒動《そうどう》の首謀《しゅぼう》者であり、そのきっかけになったのは義姉への歪んだ執着であったと明かされる衝撃《しょうげき》の幕間であった。

（グラジオにとって、姉アルメリアが世界の中心だった）

……まさか、今のグラジオも、私と結ばれそうにないからそれで世界を滅ぼそうと……。

いや、そんなことをするわけがない。何かの原因があるはず、もしかしたらグラジオではなくて、別の誰かがそうしたのかもしれない。

そう言い聞かせつつも、私は不安がぬぐいきれなかった。

（……念のため！　いつもよりもグラジオの様子を気にしておこう！）

そんなわけで、私は次の朝起きると一番にグラジオに声をかけにいった。今日のグラジオの王立騎士《きし》団の勤務はお休みだったはず。

「ねえ、グラジオ。朝ごはんを食べたら一緒に王都にでかけない？」

「！　もちろん！　行く、絶対に」

グラジオは前のめり気味に目をキラキラとさせて頷く。大型犬みたいでかわいい。

（う、いけないいけない。弟扱《あつか》いしすぎはダメよね、ちゃんとお互いいい歳《とし》の男女という自覚を持って……そのうえで姉弟の恋愛はダメよ、ってしないと……）

ついグラジオを甘やかしたくなる自分を律する。油断すると頭を撫《な》でてやりたくなってしまう。グラジオも、弟じゃなくて男として見てほしいというようなことを言っていたし、きっと嬉《うれ》しくないだろう。

身支度《みじたく》を終えて、待ち合わせをしていた玄関ホールまで降りていくと、コートまで羽織って全身きっちりコーディネートしているグラジオが待っていた。

「姉さん、家で過ごすときのドレスもかわいいけど、そうしてオシャレしているとますますかわいいな」

「あ、ありがとう」

目が合うなり、瞳を柔《やわ》らかく細めて、ニコッ……と微笑まれる。

「姉さんの髪《かみ》は濃《こ》い色だから、ドレスの薄緑《うすみどり》の儚《はかな》いけれど鮮《あざ》やかな色彩《しきさい》がますます映《は》えて見えてきれいだ。デコルテ周りがタイトで締《し》まったデザインなのに、裾に向かうにつれてふんわりと広がるドレープが華《はな》やかで姉さんのスタイルの良さと上品さを両立させているすごいいいと思う」

「あ、ありがとう……」

あまりにも真剣《しんけん》な目で一気に言われて、嬉しさの前に一瞬戸惑いが出てくる。

「髪飾《かみかざ》りもこれは最近買ったものか？　俺は見たことない」

「え、ええ。あなたが騎士学校に通っている間に買ったものだから」

「似合っている。姉さんは昔からオシャレでセンスがいいよな」

「……ありがとう」

ありがとう、以外が言えなくなっている。

「グ、グラジオ、随分《ずいぶん》と褒《ほ》めてくれるわね。ちょっとお出かけ、くらいの服装なのに……」

「姉さんが女性の身だしなみや変化は細やかに褒めろ、って言ったんじゃないか」

不思議そうにグラジオは目を丸くする。

……言った、言ったわね、そういえば。十年前に。

「よく覚えているわね……私相手にこんな細かいところまで丁寧《ていねい》に褒めなくたっていいのに」

「何を言ってるんだ、姉さん。俺の好きな人は姉さんだ。姉さん以外にこんなに言葉を尽《つ》くす相手などいない」

「えっ⁉」

まっすぐに目を見て、あまりにも直球で投げかけられた言葉に思わず仰天《ぎょうてん》する。

「何をとぼけたことを……ずっとそう言ってるじゃないか。まさか、俺が姉さんのことが好きだって、まだわかってないのか？」

「い、いや、わ、わ、わかってる！　わかってるけど！　自分がアドバイスしたことがそのまま自分に返ってくるとは思ってなくて！」

「？　不思議がることか？」

グラジオはきょとんとする。

「俺はその時から『姉さんのために』聞いてたのに」

「……うん？」

「姉さんの好みになりたくて、姉さんに好かれるようになるにはどうしたらいいのか聞こうと思って聞いてたんだ」

「えっ、誰か憧《あこが》れのレディがいたんじゃないの？」

「だからそれが姉さんなんだが」

「……え？」

ポカンとする私に、グラジオは苦笑《くしょう》する。

「言いたいことがないわけじゃないが、まあ、今押し問答《もんどう》することでもない。姉さん、せっかく一緒にでかけるんだから早く出発しよう。王都のどこでも付き合う」

「そっそうね！　グラジオこそ、行きたい場所はないの？」

「俺は姉さんと一緒ならどこでも」

我が弟ながら揺るぎないなあ！　と思いつつ、ちょっと悩む。私も別に行きたい場所があっておでかけに誘《さそ》ったわけじゃない。一人の時に怪しいことをしていたら不安だから一緒にいれる時は一緒にいようかな！　というだけのことである。

「私もグラジオと一緒ならなんでもいいから迷っちゃうわね」

「……」

「グラジオ？」

「いや、同じ気持ちなのが嬉しくて……」

「ああああのねえ！　う、うーん、いやでも否定できない！　嬉しいわよね！」

じーん、となんだか感動している様子のグラジオに狼狽《うろた》えてしまうが、でも、一緒にいられるだけで嬉しいのは本当にそうだから否定するにしきれない。

　私は義弟《グラジオ》が好きだから。家族と過ごせて嬉しいな、という感覚だけど、グラジオのほうは……デートって感覚なんだろうなあ、と思う。だから、違うは違うけど、頭ごなしに否定しきれなかった。

　馬車に乗っている間に行き先を話し合い、とりあえず今日は王都の商店街を歩いて、人気と評判のカフェでお茶をして帰ろうか、と無難なプランになった。

　王都には大きな物見の塔《とう》や季節のガーデニングが楽しめる巨大《きょだい》庭園などなど、素敵《すてき》な場所がたくさんある。メタなことを言うと、ゲームだと基本、王都内でデートする仕様なので、デートスポットはわりと豊富なのだ。

　でも、まあ、のんびりと過ごすのがいいかなあという私の要望でこうなった。

　馬車は王都中心街の停留所にすぐ到着《とうちゃく》する。

「姉さん、どうぞ」

「ありがとう」

　スッと滑《なめ》らかな動作でグラジオが馬車から降りる私をエスコートしてくれる。

　みとれるほど美しい所作だ。

「こういうのも姉さんが教えてくれたな」

「……そうね」

　こういう場面でのエスコートを教えたのも、私だ。貴族として暮らす上でのマナー全般《ぜんぱん》、立ち居振る舞い、所作は私が教えた。

グラジオはやたら誇《ほこ》らしげに表情をキラキラとさせている。

こんなに自信満々になってくれるくらいに身についたのなら、教えた私も誇らしいけれど。

そして、グラジオは街歩きの際もスマートに私の横を歩いた。

「明るいところで見ると、ドレスの色がますますきれいだ。歩くとヒダが揺れるのもつい目で追ってしまう」

「そ、そう、ありがとう」

こと細やかに私のことを褒めつつ、グラジオは私に歩幅《ほはば》を合わせながら、「このお店を見てみる？」「足は疲れてない？」と適宜気を遣《つか》って声をかけてくれた。

「グラジオって、すごい手厚いわね」

「そうか？　当然のことだが」

「マメに褒めるし、気を遣うし、こんなにされたら恐縮《きょうしゅく》しちゃいそうなくらい……」

「姉さんが言ったとおりにしていたつもりだったが……」

「……………言ったわね、そういえば……」

ぐさ、とまたブーメランが刺《さ》さる。

言った。女性の身だしなみについても、好意は素直《すなお》に表したほうがいいとか、エスコートはすべきだとか、色々言ったけど、全部その通りにグラジオは行動している。

「姉さんの理想通りにはなっていなかった……？」

私が微妙《びみょう》な反応をしてしまったせいで、グラジオが不安そうなそぶりを見せる。

「全然！　そんなことない！　グラジオは完璧《かんぺき》よ！　ただ、あまりにも手厚すぎてかしこまっちゃう子もいるんじゃないかしらと思っただけ！」

「他の女性のことは知らないが、姉さんもかしこまって窮屈《きゅうくつ》に思う？」

「うーんあまりよく知らない男性からされたらカチコチになっちゃうかもしれないけど、グラジオだから『そんなにしなくてもいいのに』くらいですむかな……」

「俺、やりすぎだった？」

「う、嬉しいのは嬉しいのよ。ただ、あんまりにも厚遇《こうぐう》だと申し訳なくなっちゃうというか」

「難しいな……」

グラジオは神妙《しんみょう》に呟《つぶや》く。

「あまり言いすぎない方がいいのか」

「うーん、強がって嫌味《いやみ》を言っちゃうよりかは全然いいけれど、緩急《かんきゅう》は大切かもしれないわね」

「緩急」

「ええ、ギャップというか……。グラジオだったら、見た目の印象はクールなんだから、とっておきの一言をここぞというときにぶっぱなすほうがもしかしたら刺さるかも」

「ぶっぱなす」

ゆるい表現をおうむ返しされるとちょっと恥ずかしい。

「わかった、今度から気をつける」

「私も、いつとんでもないのが飛び出してくるか警戒しておくわね……」

「警戒？」

グラジオは怪訝そうに首を傾《かし》げる。

自分で言っておいてなんだけど、結構本当に破壊《はかい》力がすごそうだから、いつ来てもいいように備えておかないと危ないかもしれない。

このやりとりがきいたのか、グラジオはその後はわりと大人しく、静かに過ごしていた。元々の気質としてはそんなに口数が多くはないのだ。

家でも、一通り求婚が済んだら意外と一緒にいても静かだったりする。

義姉弟で気心の知れた仲だからこそ、互いに会話がなくても、なんとなく居心地《いごこち》がいい、みたいな感覚がある。求婚されるようになってからはむしろ、このほうが居心地がいいまである。

二人でのんびりと街を歩き、お目当てのカフェに到着して、評判の紅茶のシフォンケーキとホットティーを楽しむ。

「わあ、フワッフワ！　本当においしいわね」

「姉さんは甘いものが好きだな」

ちなみにアルメリアも設定としては甘味《かんみ》好きである。ので、前世の私と舌の好みが一致《いっち》していてありがたい。シフォンケーキは信じられないくらい生地《きじ》がフワフワで、そして添《そ》えられているホイップクリームがまた絶品だった。とろけるほど軽い口当たりで、たっぷりかかっていてもけっして重たくなく、これならいくらでも食べられる絶妙《ぜつみょう》さだった。

グラジオも特別好きというわけではないが、甘いものは嫌いではないらしい。私と同じものを頼《たの》んで食べていた。ただ、意外とグラジオは食べるペースが早くてあっというまに完食してしまっていた。ここはさすが年頃の男性……というべきか。グラジオは細身のわりに、よく食べるほうだった。

「ごめんなさい、私、食べるの遅《おそ》いわよね。なんならグラジオ、他のものも注文して食べててくれれても」

「いい」

「でも、つまらないでしょ、待たせててごめんなさい」

「ゆっくり食べてくれ。俺は姉さんが幸せそうに食べているところを見ているので忙《いそが》しいから」

グラジオはケーキなんかよりもずっと甘やかに、うっとりと目を細めて、しっとりとした声で囁《ささや》くようにして言った。

「………そう」

ついうっかり、喉《のど》につまらせそうになってしまった。

（こ、こういうサラッと出てくる言葉に弱いのよ、私は）

なんてよそごとを思いつつも、気を取り直してケーキのおいしさを堪能していると、スッとグラジオの手が伸びてきて、私の口元を撫でるようにすくう。

「姉さん、ついてるよ」

「えっ？」

グラジオの指先には真っ白なクリームが。私ったら、そんな粗相を。

「グラジオ、言ってくれたら自分でとるのに……」

恥ずかしくて眉間にしわを寄せていると、グラジオは流れるような仕草で指ですくったクリームを口にした。

「……甘いな」

「…………」

あまりのことに、目を丸くして絶句する。

「マ……マナーが悪いですよ」

しどろもどろになった結果、なぜかですます口調になってしまった。

グラジオは私の小言はさして気にしていない様子でますます目を細める。

「姉さん、真っ赤だ。……かわいいな」

「――！」

「ほら、姉さん、まだ残っているぞ。もう食べないのか？」

「食べっ、食べますけど！」

動揺と羞恥心を誤魔化すように、焦り気味に残りのケーキをそそくさと食べる。悪女アルメリアとしてはあり得ない余裕のなさだ。その間もずっとグラジオの視線を感じながら。

（こんな感じのグラジオが、なにか変なことするとは思えないけど……）

一緒に過ごせる時はなるべく一緒に過ごすようにしたほうが安心できるかしら。


さて、休日をグラジオと一緒に過ごした私だけれど……今日は、こっそりとグラジオの職場についていこうと思う。

（ごめんなさいね、グラジオ。まさかとは思っているけれど、念のため、念のためよ……）

私とグラジオが最も長い時間離れるのが、グラジオが出勤するときだ。

今日は騎士団の訓練場で訓練に専念する日だと聞いている。訓練場は一般にも公開されていて、万が一グラジオに尾行《びこう》がバレたとしても「見に来ちゃった♡」と言えば誤魔化《ごまか》しがききやすいだろうと踏《ふ》んでのことである。

（もしも訓練場には行かないで、どこか違うところにフラッと行ってたりしたら……）

そんなことはないだろうけど、グラジオを信じていたいからこその『念のため』である。

王都に住む平民と同じような素朴なデザインの麻《あさ》のドレスを着て、私は訓練場に向かっているはずのグラジオの背中をそっ……と追いかける。

途中《とちゅう》、怪しい雰囲気の路地もあったが、グラジオはそんなところには寄る様子もなく、大通りを淡々《たんたん》と歩いて、訓練場に向かっているようだった。

（うんうん、そうよね。グラジオが妙《みょう》なこと、するわけないもの）

グラジオが関係者専用出入り口から訓練場に入ったのを確認《かくにん》すると、ホッと胸を撫で下《お》ろし、訓練場の敷地《しきち》の囲いをぐるりとまわり、関係者専用出入り口とは反対にある見学者向けの出入り口に向かう。

サイラス様から聞いた話だけれど、王都の民《たみ》は騎士団がどのような鍛錬《たんれん》を積んでいるのかを知ることで、身の安全を感じたり、将来の騎士志望者を増やしたり。騎士団側としては民衆から見られていることでより一層鍛錬に精が出たりすることを狙《ねら》っているらしい。

（ええと、グラジオは……）

サラサラの金髪頭《きんぱつ》の長身は目立つからすぐにグラジオは見つかった。鍛錬中は騎士服ではなくて、ラフな胴衣《どうい》姿のようだった。普段《ふだん》は着こんでいることが多いから見慣れない身体《からだ》のラインに少しドキリとする。背が高くなったなあ、とは思っていたが、こうして見ると意外と身体に厚みがあるのがわかる。

鍛錬は柔軟《じゅうなん》体操から始まるようだった。緊張《きんちょう》感は全く違うけれど、学校の体育の授業をつい思い出す。

続いて、組み手が始まった。見学ができるスペースから、訓練場はそれなりに離れているのだが、それでもかなりの迫力《はくりょく》がある。

隣《となり》から「きゃー！」と若い女性の声も聞こえてきた。

（なるほど、そういう需要《じゅよう》もあるのか……）

どこの世にも精悍《せいかん》な男子たちのぶつかり合いに熱狂《ねっきょう》する女性というのはいるのだろう。気持ちはちょっとわかる。

（グラジオ……立派になって……）

義姉を通《とお》り越《こ》して、母のような気持ちで次々と組手をこなすグラジオを感慨深《かんがいぶか》く眺める。

（この世界の騎士っていうと、たいてい魔法《まほう》と剣《けん》で戦うみたいだったけど、組手もするのね。体幹作りとか、混戦時を想定してのものかしら）

興味深く考察しつつ見学しているうちに、ふと気づく。

（……剣？）

剣。そうだ、騎士なんだから、剣を扱う。当然のことだ。

現にいま、彼らは鞘《さや》から剣を引き抜《ぬ》き――。

（わあああ刃物《はもの》！　あんなん刺さったら、死ぬ！）

私の弱点、私のトラウマ。刃物全般《ぜんぱん》。自分で見にきておいて間抜《まぬ》けなことこの上ないが、私は硬直《こうちょく》した。

剣の演習なんて見たら、心臓が凍《こお》るかもしれない。

（た、退散、退散しよう。早いうちに……）

しかし、脚《あし》が震《ふる》えてうまく立ち上がれない。席は立ったけれど、その場にへたり込んでしまった。情けなさすぎる。どうしよう、と思っていると、頭上に影《かげ》が落ちてきていることに気が付いた。

「姉さん、模造刀だから」

「グ、グラジオ……」

「さっき、姉さんが来ているのに気が付いて……。剣の演習が始まるから、その前に教えてやろうと思って」

「も、模造刀」

つまり、本物ではない？　涙目《なみだめ》でグラジオに確認を取ると、グラジオは苦笑交じりに頷いてくれた。

「真剣じゃないから大丈夫だ。対人訓練の時に真剣は使わない。でも、この後に真剣を使った訓練もあるからその前に帰るといい」

模造刀かあ、と安堵《あんど》のあまり「はあ」と大きなため息が出て、私は一気に脱力《だつりょく》する。

「う、うん。ありがとう」

グラジオが私にそっと手を差し出す。訓練用の厚い革手袋《かわてぶくろ》ごしの手は、とても頼もしく感じられた。グラジオの手を握《にぎ》り、ゆっくりと、ようやく立ち上がる。

私が立ち上がれたのを見届けると、グラジオもホッとしたように目を細めた。

「ごめんなさい、訓練の途中なのに、来てくれたのね」

「ああ。絶対に姉さんは『剣だ！』と思って動転するだろうと思って」

「ご明察ね……」

ああ、つくづく情けない。

「グラジオ、私が刃物が苦手って覚えていてくれたのね」

「当たり前だろう。姉さん、今でも食卓《しょくたく》にナイフが出ただけで一世一代の覚悟《かくご》、みたいな顔しているし」

「おほほ……」

「そうでなくても、俺は姉さんのことは絶対に忘れないよ。嫌いなものも、苦手なものも、好きなものも全部覚えてる」

あんまりにもまっすぐに言われて、さすがに照れる。

グラジオのことだから、本当にそうなんだろう。前回のお出かけのときも、ありとあらゆる場面でブーメランが投げ込まれたし、私がグラジオに話したことは全部、グラジオは覚えてくれているんだろう。

なんだかそれってすごい恥ずかしいことのような気がして、私は誤魔化すように毛先をいじりながら、話を逸《そ》らした。

「よく気が付いたわね、私が来ているって」

「姉さんは目立つから、すぐにわかった」

にこ、とグラジオは柔らかく微笑む。逸らしたはずなのに、直球が返ってきた。なぜか、近くから「おおっ！」と歓声《かんせい》が湧いた。

どうした、と思って周囲を見回すと、見学席にいる人たちも、訓練場にいるグラジオの同僚《どうりょう》の騎士たちもなんだか微笑ましい眼差《まなざ》しで私たちを見ていた。

「グラジオのやつがあんな顔するなんて……」

「アレが噂の姉君か。確かに美人だなあ」

「おいっ、迂闊《うかつ》なこと言うなよ、前にそんなことを言ったやつがアイツにすごい顔されて……」

「ママー、あのお姉ちゃんとお兄ちゃんってコイビトなのかなあ」

「しっ、大きな声で言ったら失礼でしょ！」

各所から聞こえてくる好奇に満ちた声、声、声。

「……」

なんだか、たまらなく恥ずかしい。

「帰るわ」

「えっ、模造刀だよ」

続きを見ていかないのか、とグラジオはびっくりした表情を浮かべる。

きっとグラジオのことだから、私が訓練を見に来たことを喜んでくれていたんだろう。

それはわかる、わかるけど、見たい気持ちもあるけど、それ以上に、この空気、いたたまれない！

「目的は果たしたから帰ります！　グラジオ！　立派に仕事に励《はげ》んでいるようで安心したわ！　じゃあね！」

早口で言って、私はまっすぐ踵《きびす》を返す。

「えっ、あ、ああ。じゃあ、家でまた……」

「ママー、おうちでまた会うんだって！　フーフなのかなあ」

「こらっ、指さしちゃダメでしょ！」

狼狽えたグラジオの声と、無邪気《むじゃき》な女の子の声が背中に突《つ》き刺さる。

（幼児の無邪気な一言って辛《つら》いよぉ！）

年甲斐もなく、半泣きで私は帰路についた。

よし、とりあえずグラジオが真面目に出勤していることが確認出来て、よかった！


瘴気事件が勃発《ぼっぱつ》して以降、なるべくグラジオと一緒に過ごす機会を増やしていた私だけど、今日に限っては私はグラジオを避けていた。

今日はサイラス様たちに瘴気についての話を聞きに行こうと思っているのである。そして、グラジオは今日は勤務日になっている。私はコソコソと出かける支度《したく》をしていた。

「アルメリア様、今ならグラジオ様は玄関ホール付近にはいません」

「よしっ、じゃあ今のうちに行くわよ！」

先に偵察《ていさつ》に行かせていたマルテから報告を受け、私は足早に自室を出て、玄関《げんかん》ホールへと向かう。

（グラジオに見つかるとちょっと面倒《めんどう》だから……）

前も「一人で殿下に会いに行くのか？　……やっぱり本当は殿下のことが……」と変に誤解して落ち込んで大変だった。なるべく、バレないようにして行きたい。

（よし、このまま……！）

大階段を降り切って、ガッツポーズをしかけたところで、声をかけられる。

「姉さん、また王宮に行くのか」

（……グラジオ～）

階段を降りたばかりのところで、一階ロビーの廊下《ろうか》から音もなくグラジオが現れた。マルテは「あらまあ」という感じで口を押さえている。うん、そういうこともある、マルテは悪くない。見に行ったときにはいなかったけど、タイミングが悪かったのだ。

「この間も行っていたじゃないか。前はそんなに頻繁《ひんぱん》に王宮に通うことはなかっただろ？」

「え、ええ。ジニアっていう子を保護してるって言うじゃない。いきなり普通の子が王宮に連れてこられて、大変じゃないかしらと思って！　よく会いに行ってるの！」

本命は瘴気対策の話だが、これも目的のひとつである。ジニアは会いに行くと「アルメリア様とお話しできるとホッとします♡」と言ってくれてとてもかわいいのだ。これは会いに行かねばだろう。

「……俺も行く」

「グラジオ、あなたは今日は出勤でしょ？」

「時間休をとる。そのときだけ休む」

「ダメよ、仕事はちゃんとしないと。ジニアに会うだけだからそんな……」

「殿下とも会うことになるだろ？　最近よく話しているみたいじゃないか」

「それは……あなたも話には聞いてるでしょ？　最近王都に瘴気がよく湧いているって。それの対策の話を……」

グラジオはむっつりと唇《くちびる》を結んでしまう。

「……わかった。姉さんは、自分の仕事に責任を果たしている人が好みなんだもんな、こんなことで拗《す》ねる俺なんてふさわしくない。……頑張《がんば》るよ」

「が、頑張ってくれるのは嬉しいけど、そんなに凹《へこ》むことじゃないでしょ⁉」

「……」

大体、自分の仕事に責任感のある人が好みだなんて――言った。十年前に言った、そういえば。

（そういう方向性のブーメランもあるのか……）

時間差でグラジオを落ち込ませてしまった。

「とりあえずお仕事頑張って！　私も、もう行ってくるから！」

あんまり話を長引かせてもよくないだろう、自分で立ち直れるはずと信じて、私は小走りで玄関まで駆《か》け抜けた。

「大変ですね、アルメリア様」

「うう、同情しないで……」

ふっ、とマルテが無表情のまま小さく笑う。あからさまな同情に私は肩を落とした。

「では、御者《ぎょしゃ》はすでに待たせておりますので、いってらっしゃいませ。アルメリア様」

「ええ。マルテもお仕事頑張って」

お見送りをしてくれるマルテに小さく手を振り、馬車に乗る。

馬車の座席に座っている間「は〜」とちょっと脱力していると、王城のすぐそば、中心街にまで着くのはあっという間だった。

馬車の停留所に着いて、御者に礼を言って降りる……と、なんだか街の雰囲気が慌《あわ》ただしい。

「うっ、うわあ！　しょ、瘴気だあ！」

（ええっ⁉）

王都の中心に着くなり、カンカンカンと警戒を知らせる鐘《かね》の音が鳴《な》り響いた。西の方角に黒いモヤが見える、これが瘴気だ。ここからは距離があるから、この場で大人しくしていれば大丈夫……とは思う。

街の人々は足を止め、モヤの方角をじっと眺め不安そうに囁き合っている。

まだゲーム序盤《じょばん》の時期だから、瘴気の大きさも魔物の強さもそんなにたいしたことはない……はずだけど。

やがて、悲鳴ではなくて「わあああ！」という歓声が聞こえてきて、瘴気を祓《はら》う力を持つジニアがやってきたのだろうということを悟《さと》る。

（サイラス様とジニア……瘴気についての話、聞きたかったけど大変そうだから今日はやめとこう……）

事態が落ち着いてきたのを見て、私はやっぱり家に帰ろうと踵を返す。そして、うーんと首を捻《ひね》った。

（気のせいかなあ、グラジオが落ち込んだときと瘴気の発生のタイミング……かぶってない？）

前も、グラジオを置いて王宮に行こうとしたときに瘴気が湧いていた気がする。

今のグラジオが卑屈モードになることはそう頻回《ひんかい》ではないけれど、たびたび卑屈スイッチが入ることはある。そして、そのタイミングと、瘴気発生のタイミングが……こころなしか、かぶっているような気がするのだ。

（まさか、まさか、まさか……よね……）

ゲームのグラジオとは違うのだ。今のグラジオがそんなことをするわけがない。

だけど、ゲームのグラジオと同じ点といえば……『恋焦《こいこ》がれる義姉・アルメリアが手に入らない』こと。

まさか、それで、グラジオはゲーム通りに……？　いや、もしくは、グラジオの意思とは関係なく、ゲームの強制力のようなものが働いている？

（……つ、つぎにサイラス様たちに話を聞きに行く時は、グラジオには内緒《ないしょ》でこっそり見つからないようにして行こう……！）

そんなことを決意しながら、私は拳を固く握りしめるのだった。


さて、それから三日後のこと。私は今日こそはグラジオにはバレないようにサイラス様とジニアのもとを訪《おとず》れていた。

「やあ、アルメリア。グラジオはどうだい？」

「普通はそこ、私に『調子はどうだい？』って聞きません？　なんでグラジオの調子を聞くんですか」

「だって僕、そっちのが気になるし」

あっけらかんと言ってのけるサイラス様。その隣でのほほんと微笑んでいるジニア。

「……とりあえず、それは置いといて。瘴気問題はどうなっていますか？」

「ああ、少し発生ペースが上がっているね。どんどん瘴気が濃くなっている、っていうのかな？　瘴気が発生したときに現れる魔物の数も増えてきているようだ」

「そうですか……」

はじめのうちは瘴気のことは無用の混乱を避けるため、一般市民への情報開示は控《ひか》えていたが、最近頻発《ひんぱつ》していることから正式に王宮から警戒のお触《ふ》れが出されるようになった。王都騎士団の見回りも増やされて、人が多い商店街や屋台街には常時警備が置かれるようになったらしい。

「でも、ジニアもどんどん力を使いこなせるようになっていてね。今の所、危ない場面はないかな。瘴気の早期発見と、連絡《れんらく》を受けたらすぐに出動できる体制を強化しているところだ」

「きょ、恐縮です！　サイラス様が根気よく訓練に付き合ってくださるおかげです」

（おお、合同訓練やってるんだ、結構好感度上がってるのかな）

恋愛シミュレーションRPGである本作では主人公のパラメータ値が設定されていて、各行動によりパラメータを上げることができる。そのうち、『合同訓練』というものがあって、『友好』状態以上になっているキャラクターとは一緒に訓練を行うことができるのだ。パラメータ上げと好感度上げが同時にできるほか、このコマンド選択《せんたく》時のみ発生するイベントがあったりとなにかとお得なコマンドなのである。

甘酸《あまず》っぱい気持ちで二人を眺めてみるが、二人はニコニコと「ジニアは頑張り屋でえらいね～」「サイラス様こそお忙しいのに面倒見がよくて助かります～」とポヤポヤとするばかりで、恋愛っぽい雰囲気は残念ながら感じ取れなかった。

（……やっぱり、サイラス様が『おもしれー女』って開眼するのを私が奪っちゃったからかなあ……）

この二人に関してはなんだか罪悪感がある。もしかしたらあったかもしれない未来を奪ってしまったのかもしれない……という。無理にくっつけ！　とは思わないけれど、もしも二人にちょっとでもその気が芽生えたのなら全力で協力したいものだが……どうだろう。

「今こそ規模は小さくすんでいるが……このまま瘴気が濃くなり続けると、王都の住人たちには外出規制も要請《ようせい》しないといけなくなるかもしれない。早急《さっきゅう》の改善が望まれるね」

「はい。私も何かお力になれることがあったらなんでもしますね」

「そうだね、君にできることといえば、グラジオにはっぱをかけてくれたらグラジオのやつはやる気を出してますます仕事に邁進《まいしん》するだろう。そうしたら瘴気が出て魔物が湧いてもきっと王都は安全に……」

「私がなんのかんのしなくてもグラジオは立派に勤めを果たします！」

サイラス様の言い方にちょっとムッとして口を挟むと、サイラス様はなんだか嬉し気に笑顔を浮かべた。またこの人、私たち二人のことを面白がってるな。

「ごめんごめん、冗談《じょうだん》はさておき、君は闇魔術《まじゅつ》の使い手の家系なのもあって瘴気にも詳《くわ》しいようだからね、色々相談させてもらえると助かるよ」

本当はスピアー家としての知識というよりも、ゲームプレイヤーだったときの知識なんだけど……あえてそれを言う必要もないだろう。

さて、今日話し合えるのはこれくらいだろうか。そろそろお開き、ということで私はジニアに声をかけた。

「ジニア。これから時間はある？　よかったら一緒に少し王宮散策しない？」

「！　はい、ぜひ！」

「おや、じゃあ僕はここでお暇《いとま》しようかな。女性二人水入らずでごゆっくり。グラジオにも恨《うら》まれそうだからね」

（そんなことはない、とは言えないのがね……）

サイラス様のところに行くと知ったときのグラジオの嫉妬《しっと》ぶりを考えると『恨む』という表現もさもありなんであった。

ジニアと二人、和《なご》やかに王宮を歩いていく。

「サイラス様とはこんなふうに散歩しないの？」

「うーん、目的もなくフラフラというのはあまり……。やっぱり王宮ってわたしにとったら敷居《しきい》が高いですから……。今も、ドキドキしてます。えへへ……」

はにかむジニアはまさに美少女。思わず私の胸がキュンとする。

「アルメリア様はずっと前からサイラス様の婚約者でしたから、王宮はもはや庭なのでしょうか」

「庭とまではいかないけど、たいていのところは平気で歩けるわ。王宮で働いている人たちはほとんど顔パスだしね」

つい前世のノリで『顔パス』なんて言ってしまったけれど、ジニアはあまり気にしていない様子で「うふふ」とはにかんでいた。おおらかな性格の彼女である。

「そうなんですね。わたし、アルメリア様と一緒だと、ドキドキはしても、怖《こわ》くないです」

（うっ……さっきからキュンキュンすることばっかり言ってくる……）

このあざとさ、さすがはゲームヒロインといったところか。

こんなかわいいことをニコニコの笑顔で言ってくるものだから、ときめくしかない。攻略されるヒーローたちの気持ちがわかる。サイラス様はこんな子と一緒にいて、あんまり攻略されてなさそうって一体どういうことなんだろうか。……いや、彼をおかしくしたのは、私か……。

「突然《とつぜん》こんなことになって、大変ね」

「はい。でも、住むところができて、とってもありがたいです！　一晩だけ野宿しましたけど、寒いし怖いし、散々だったので……むしろこんな厚遇いいのかな？　って悩みます。お部屋が、わたしがお父さんとお母さんと一緒に暮らしていた家よりも広いんですよ……！」

大真面目にジニアは語る。

「そ、そうなの」

「はい。ぼろ切れを着て喜んでたのに、今や着させていただくものは全てシルクかコットン、肌触《はだざわ》りの良さにソワソワしてます」

「ああ……」

ぼろ切れ……とは言わないけど、私も前世で着ていたのはもっぱらファストファッションばかりだったから、シルクの滑らかすぎる肌触りに慣れない気持ちになったのは、共感できる。

「ご飯も！　まさか！　一日三食おやつつきとは！　これはわたし、右も左もわからなくても、少なくともお宿とご飯と衣服のお礼をせねば！　と頑張ろうと思っています」

両手で拳を作り、ジニアは威勢《いせい》よく宣言する。

「そ、そうね。そういう気合、いいと思うわ」

「サイラス様に言ったら笑われちゃったんです。アルメリア様は笑わないでくださるんですね」

ニコ、とジニアが微笑む。

(ナチュラルに『え、私が特別なの……？』ってドキッとしちゃうようなこと言うわね……)

ヒロイン力、恐《おそ》るべしである。これは攻略対象全攻略ルートがあるのも頷ける。

「困っていることはなにかない？　私から見ると、結構馴染《なじ》んでいるのかなって思うけど」

「そうですね……サイラス様も、みなさんもよくしてくださっているので、困っていることはありません。今も、アルメリア様が一緒に歩いてくださっているおかげで、王宮の知らないところを悠々《ゆうゆう》と散策できてますし、こんなことを言ったら不謹慎《ふきんしん》かもしれませんが……わたし、今の自分の境遇がとても恵《めぐ》まれていて、毎日が楽しいと思っています」

ジニアはまっすぐ私の目を見て答える。

「……あ、でも、アルメリア様。わたしが困っていなくても、こうやってわたしと一緒にいてくれたら嬉しいです。わたし、アルメリア様と一緒にお話ししたり、お散歩するの大好きだから」

「も、もちろんよ！　私もあまり仲のいい女の子って身近にいなかったから嬉しいわ⁉」

ジニアのあまりのヒロイン力の高さに驚いた。そんなことはにかみ笑顔で言われたら恋に落ちるに決まってる。ちょっとかなり「え⁉」ってなってしまった。

「あと、グラジオさんとの……禁断の恋に進展があったら教えてくださいね……」

「いや、それは、禁断の恋はしてないから話しようがないけど……」

しかし、ぼそっと耳打ちされて、思わずテンションがヒュッと下がる。

「ええっ、でも、サイラス様が……」

ジニアは狼狽える。が、すぐになにやらハッと大真面目な顔になり、神妙な面持《おもも》ちで私を見た。

「……言えないようなことがある、と……」

「そうじゃない！　なんにもないけど！　私はグラジオのことは義弟としてしか見ていないの、それにグラジオだって、私のことが好きだと思い込んでいるだけで本当は姉への感情の延長線なんじゃないかと思うの。だから、私はむしろグラジオには私のことを諦めさせたくて……」

「茨の道、ですね……」

ジニアはしげしげと頷く。

「そういうのって、なかなかこう、一本道ではいかないですよね！　頑張ってください！　どっちにいってもわたし、応援してます！」

「あ、ありがとう……」

あんまり、誤解が解けていないような気がするが、まあ、よしとしておこう……。

それから一か月ほどが経過し、その間も瘴気事件は続いた。そして、やはり、偶然《ぐうぜん》とするには高い確率でグラジオが落ち込んだ時と瘴気の発生はリンクしていた。

（まさか……よね？）

再び、『ゲームの強制力』というワードが頭に浮かぶ。そういう設定の異世界転生ものの小説を読んだことがある。転生した主人公や、キャラクターたちの意思や行動にかかわらず、予定調和のようにゲームシナリオと同じ事件や現象が起きることがあるのだとか。

現にヒロインも現れて、ゲームシナリオが進行しつつある。

今のグラジオがそんなことをするとは思えないし、きっと別に原因があるのだと思いつつ、本人の意思とは関係なく、ゲームシナリオの都合のいいように操《あやつ》られている可能性や、これから破滅《はめつ》エンドが訪れる可能性を考える。

そういえばゲーム本編でもグラジオの闇堕ちのきっかけは義姉アルメリアへの歪んだ愛情のせいでもある。愛憎の末にアルメリアはグラジオに刺殺され、そして完全にグラジオは自暴自棄《じぼうじき》になってヒロインたちに説得されても自死して……とシナリオを思い出す。

ゲームの強制力が働いてしまう理由が『グラジオがアルメリアのことを好きだから』なのだとしたらと思い至った。

(——だとしたらやっぱりグラジオに私のことを好きなままでいさせてはいけないわ!?)

瘴気解決とグラジオの闇堕ち回避《かいひ》のため、改めて「グラジオに自分を諦めてもらおう」と私は再起した。

とはいえ、いままでも散々諦めてもらおうとしていたのに諦めてもらえない日々を過ごしてきたわけで。

(どうしたらグラジオに自分を諦めてもらえるだろうか……)

考えこみながら街中を彷徨《さまよ》う。普段は歩かないような場所にまで来ていた。ふと、真新しい教会が建っているのに気がつく。

王都の中心から外れた場所である。こんなところに教会が建っていたのか、建物の新しさからして最近できたばかりだろうか。

(修道女になるというのも手かしら……)

と遠い目をしていると、外を掃《は》き掃除《そうじ》していたらしい教会の神父に声をかけられる。

「おや、見かけないお顔ですね。こんにちは」

「こ、こんにちは。そうなんです、あまりこの辺りまでは来ないのですが……今日は気の向くまま歩いていたら、ここに辿《たど》り着《つ》きまして」

「おや、何かお悩みでも……？」

「いえ、たいしたことではありませんわ」

踵を返そうとした私。だけれど、神父はそれを引き止める。

「ここでお会いしたのも何かのご縁《えん》。王都の外れの教会ではあまり来訪者もいなくてですね、よろしければ中にお入りください。そのほうが神も喜ばれます」

「は、はあ」

ニコニコと穏《おだ》やかな笑顔のわりに、なかなか強引に腕を引かれる。

「あ、あの、他言無用と約束していただけるのでしたら」

「もちろんです。我々は神の代弁者、無用に悩みを言いふらすことなど、神に誓《ちか》っていたしません」

……まあ、他人の意見を聞いてみるのも、一つの手よね……？　と私は神父とともに教会の扉《とびら》をくぐった。

新しくできたばかりの教会はステンドグラスの光が差しこむきれいな内装だった。正面の女神《めがみ》像に向かって、数多《あまた》の椅子《いす》が並べてあるが参拝者は誰もいない。

（これ、教会としてはいいのかしら？　悩める人が少ないのはいいことかもしれないけど）

清廉《せいれん》な空気と静寂《せいじゃく》に包まれている教会でうーん、と首を捻る。

並んだ椅子のひとつにどうぞと促《うなが》されて、座り込み、早速《さっそく》神父に話し始める。

「実は私、悩んでおりまして。義理の弟がいるのですが……最近、求婚されていまして」

「求婚」

神父は少しきょとんとした表情で私の言葉を繰り返した。

「もう絶対に引かないぞ、という感じで求婚されていて、どうにか……傷つけないで断ろうとしているのですがなかなかうまくいかず。このまま彼に好意を持たれた状態だと、よくないことが起きそうな気がしていて……」

「よくないこと、ですか……」

「弟は優秀《ゆうしゅう》なのですが……優秀さゆえに、気持ちが落ち込んだ時に、よくない輩《やから》に目をつけられて、本人はそうと知らずよくないことにまきこまれることがあるのでは、と心配していまして……」

両手をぎゅっと握り、目を伏せる。

「申し訳ありません。『よくないこと』なんて、抽象《ちゅうしょう》的で」

「いえいえ、みなさん、お悩みを話されるときにはよくあることです。雰囲気で大体のお気持ちは伝わりますよ」

神父は優《やさ》しく微笑む。

「なかなか難しいところですな。あなたとしては、義理といえど弟と結ばれるわけにはいかないとお考えで？」

「は、はい。倫理的《りんり》に……もそうですが、やはり、私としてはかわいい弟なので……」

「しかし、あまりに強く拒絶《きょぜつ》して落ち込ませたくない。なんとしても、円満に彼の好意を断《た》ち切《き》りたいのですな」

「はい。ええと……変な話なのですが、似たようなシチュエーションの物語がありまして。そこでは、義弟が義姉に叶《かな》わぬ恋をした結果、世界を滅ぼすに至ってしまって……考えすぎとは思いますが、このままでは同じ末路をたどってしまうのではないか、と」

「なるほど、それはなかなか深刻ですな。世界を滅ぼす、とは……」

「最近は瘴気なども出てきているそうではないですか。今のところは小規模な被害《ひがい》におさまっていますが……」

「そうですな、余計に不安な気持ちになりやすい時期でしょう。大丈夫、物語と同じようなことになるかもしれない、だなんて夢物語みたいなことを言ってと笑ったりはしませんよ」

「ありがとうございます……」

うん、やはり、悩みを口に出すとそれだけで少し気持ちが軽くなる。

「それで、どうしたら義弟の私への思いを断ち切ることができるだろうかと、ずっと考えているのですが……。なかなか」

「お悩みの焦点《しょうてん》はそこですな、どうしたら弟君の気持ちを変えられるか」

「はい、私、幼いころはあの子の教育係のようなことをしていて……余計に申し訳なさを感じているんです。これは、私の教育の敗北なのではないかと」

「教育の敗北」

「子どもが母親に恋慕《れんぼ》に近い感情を抱くことは成長の過程であるという捉《とら》え方があると聞いたことがあります。弟の感情はそれだと思うのですが、本来ならばもっと早い時期に『それは正しい恋慕ではない』と教えてやるべきだったのに、私にはそれができなかった……。そのような感情が発生するかもしれないことを想定していなかった。わかったうえで家族として然《しか》るべき態度をとれていれば、違う未来があったのではないかと思うと、私は彼の未来の可能性をも奪ってしまったのではないかという気持ちで……！」

「ほ、ほう」

しゃべりだしたら止まらなくなってきた。ぐうっ、と思わず歯がみして熱く拳を握りしめてしまう。

「ああ、そうか、私は彼にあったかもしれない未来を奪ったことに強い後悔《こうかい》があったんだ……。求婚されるとひとまずこの求婚から逃《のが》れないと！　とついついなってしまうけど、そう、根本は私の教育の敗北にある……！　ならばもっと弟とは向き合うべき！　そうですね!?」

　グワっと勢いよく顔をあげると、たじろいでいる様子の神父と目が合った。

「あ、そ、それも一理ありますな」

「そうだ、最初はそう思っていたはずなのに、私ったらなんだかんだ成長した義弟と向き合うとちょっとドキドキしちゃったりして、一貫《いっかん》した態度がとれていなかった！　私に必要なのは逃《に》げではなくて、立ち向かうこと！　そして攻め！　そうですね！」

「は、はあ」

「ああ……話を聞いていただき、ありがとうございます。ちょっとスッキリしましたわ……」

　誰かに話を聞いてもらうことって大切ね、としみじみする。思考を口に出すと自分でも意外な言葉が出てくるものだ。そこから「私は実はそう思っていたのか」と納得したりなんかして。

「そ、それはなによりです。いやはや、ほとんど私はなにもお力には……」

　こほんと咳払《せきばら》いをした神父は、法衣《ほうえ》のすそから何かを取り出し、スッと私に差し出してきた。

「代わりと言ってはなんですが、これを受け取ってくださいませ」

「これは……？」

「神の力が込《こ》められていると言う魔石《ませき》を使ったネックレスです。ここでお会いしたのも縁です」

お守りがわりです、と神父はにこやかに微笑む。

「えっ⁉ そ、そんな、いただくわけには」

「ご遠慮《えんりょ》なさらず」

躊躇《ちゅうちょ》するが、神父の微笑みにおされて受け取る。

「では、また、よろしければいつでもお越しください」

私がネックレスを受け取ると、神父は笑みを深め、にこやかに私を見送った。


(新しくできたばかりの教会だから、地域に馴染もうとしてるのかしら……)

教会を出て、そう思いながら歩いていると、同じものを身につけている人がいることに気がつく。ラフな格好で歩いている姿を見るに、おそらくこの教会周辺の住民たちだろう。

(誰にでも配っているのかしら、よっぽど教会に通う人が欲《ほ》しいのね)

そっとネックレスを手に取り、魔石を見つめる。

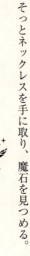

さて、グラジオともっと向き合うようにしようと決めた私は、いままではグラジオを避けて通っていた王宮に二人で赴《おもむ》いていた。

（なんとなく、もしも瘴気問題にグラジオが絡《から》んでいたら……と思って、グラジオを避けてしまっていたけれど……）

きっとグラジオなら大丈夫。何事もないはず。恐れるのではなくて、ちゃんとグラジオを信じた行動をしないと！　と私は思うようにした。

グラジオは私に二人で行こうと誘ってもらえて機嫌《きげん》がよさそうだ。

サイラス様も私たち二人が揃ってきたら嬉しそうだった。ジニアは今日は一人で訓練に集中しているそうで、話し合いには不在で、ひとまずは近況《きんきょう》報告だけ聞いて今日は解散となったのだが……。

「――瘴気が出てくるようになったのはあなたが現れてからだ。実はあなたこそが瘴気を生み出している原因なのでは？」

（……この神経質そうな声は……）

慌てて中庭に向かう。思った通りの人物が対面していた。

赤髪に横長の黒縁《くろぶち》メガネをかけた青年……彼は攻略対象キャラの一人、宰相《さいしょう》の息子《むすこ》のクーゲルだ。

王太子であるサイラス様とは旧知の仲であり、将来は互いに支え合うことを期待されている優秀な才子である。ただ、頭が固く神経質なきらいがあるのだが——。

（ゆえに、突然現れたヒロインを不審《ふしん》がるイベントが、ある！）

目の前のこれが、そうだ！

「あ、えっと……」

「俺はクーゲル。宰相である父の秘書を務めている。俺にはこの国の未来と王太子であるサイラス様を守る義務がある。はっきり言って、あなたの素性《すじょう》は怪しい。家も両親も失い、途方《とほう》に暮れていたらたまたま瘴気が出てきて、そしてたまたまうまいこと瘴気を祓った……？　あまりにも都合がよすぎではないか？」

インテリ系とはいえそれなりに背の高いクーゲルに見下ろされながら圧をかけられ、ジニアは狼狽える。

「わ、わたし、わかりません。自分が本当に瘴気を祓ったのかも、自信がありません……。でも、瘴気を生み出しているだなんて、そんな」

「『聖女』なんて存在が本当にいるのかも疑わしい。住む場所に困って、自作自演で瘴気を生み出しては祓うフリをしているだけなのでは？　そう考えた方が不自然じゃない」

「わたし、瘴気を生み出すだなんてそんなことできません！」

なかなかひどいことを言うクーゲルである。

メタ的に言うと、ゲームシナリオの少し強引な導入を納得させるためにこういう疑いをふっかけてくるキャラが必要で、そのお鉢《はち》が回ってしまったキャラとも言える。

その代わりなのか、クーゲルは一番攻略がちょろい設定になっていた。しょっぱな因縁《いんねん》をふっかけてくるが、ヒロインから少し声をかけられただけですぐに好感度があがる。プレゼントをあげるとほぼ一発で友好ラインまで好感度があがる。そして友好から好きになるまでの間隔《かんかく》も短い。他のキャラは何回かデートに行ったり、シナリオ中の選択肢《し》で正解を選んでいかないとなかなか好感度が『好き』までいかないが、クーゲルは特に何もしなくても『好き』になっていることがままある。

他のキャラをメイン攻略している間でも勝手に『好き』になっていることが多いので、嫉妬セリフ回収のための当て馬にされがちだったりする。なんとこのゲーム、本命攻略キャラの他に『好き』状態になっているキャラがいると特殊《とくしゅ》な嫉妬イベントやセリフが発生するのである！　周回オタクに優しい。最大三人まで専用イベントとセリフが用意されてて謎に嫉妬萌《も》えの人に優しい仕様になっている。合計四人『好き』状態にしないといけないから好感度が上がりやすいクーゲルとサイラス様がよく当て馬にされていた。懐《なつ》かしいなあ。

クーゲルはそのあたりのメタ的な設定部分で不憫《ふびん》だと思われて一定層の不憫萌えのひとたちから推されていたりする。あと、ちょっとツンデレっぽい感じとか、神経質そうなおきれいに整った顔がすぐ真っ赤になるあたりに支持が厚いところがある。

（私はそういうクーゲルのちょろさとかかわいさを知っているけど、事前情報なしに圧強めに来られるのはキツいはず……！）

心配になる……けど、グッとこらえる。

なぜなら、このあと、メインヒーローのサイラスがジニアを助けに来るからだ。そこまでがクーゲル登場イベントのセットなのだ。

「……姉さんはここにいて」

「えっ？」

耳元で囁かれ、ハッと顔をあげれば、グラジオが足早にクーゲルとジニアの間に入っていった。

「クーゲル、女性に対して高圧的な態度はよくない」

「お前は……グラジオ？」

クーゲルは細い眉《まゆ》をつり上げる。

「詰《つ》め寄《よ》れるほどの証拠《しょうこ》はあるのか？　彼女が自身で瘴気を生み出しているという証拠が」

「……ッ。それはない、が……」

「状況を見て怪しいと、お前がそう考えているだけだろう？　宰相の息子ともあろうものが根拠《こんきょ》もなく人を判じようとするとはお笑い草だな」

ハッ、とグラジオはあからさまに鼻で笑う。

わりと口悪いな、我が義弟。言っていることはそれはそうなんだけど、言い方！

「くっ……。だが、じゃあ瘴気は一体どうして急に生まれるようになったんだ！　彼女との関連性を疑うのは妥当《だとう》だろう⁉」

「疑うのは勝手にしろ。だが、今はまだその疑惑《ぎわく》をぶつける段階ではないという話だ。確固たる証拠を摑んでから出直してこい」

眉間にしわを寄せ、グラジオと対峙するクーゲルだったが、やがてクッと歯軋りをするとジニアに向き直って頭を下げた。

「……急に詰め寄って悪かった。だが、俺はまだ君を疑っている。少しでも疑わしい行動があれば、サイラス様が許しても俺は絶対に見逃《みのが》さないからな」

捨《す》て台詞《ぜりふ》を吐《は》いて、クーゲルは退場していった。

「……うん？　どうしたの、騒《さわ》がしいね」

「あ、サイラス様」

そして、クーゲルがいなくなってからサイラス様がひょっこり現れる。

「クーゲルのやつが聖女殿《どの》にケチをつけていた。彼女の自作自演なのではないかと」

「ああ、なるほどね。僕にもその疑惑は申告《しんこく》してきていたよ、すまないね。その時点でもっと強く彼を諌《いさ》めておければよかったんだが……」

「いっ、いえ！　とんでもないです。急にやってきたわたしを不審がる気持ちはわかりますから……。わたし自身、自分にどうして力があるのかもよくわかっていませんし……」

ジニアは慌てて両手をぶんぶんと振る。それを見たサイラス様はクスリと笑う。

「ゲームシナリオだったらそこで「そんな反応をする女性を間近で見るのは初めてだな」と面白そうに囁くのだけど、そのセリフはなかった。……私は、両手ブンブンはしてなかったと思うけど、そういうリアクションを新鮮に感じるような環境《かんきょう》ではない育ち方をさせてしまったらしい。

次いでジニアはおずおずと、グラジオの顔を見上げる。

「ええと、グラジオ……様？」

「ああ。俺はアルメリア・スピアーの弟、グラジオだ」

（名乗る時に私の名前添えて出すのやめてほしいな）

私が今横にいるからだろうか。いないときもいつも『アルメリア・スピアーの弟』って名乗ってたらどうしよう、と不意に不安になる。

そういえば、この二人が対面するのは初めてなのか、とちょっぴり意外な気持ちになる。

ジニアはぱあぁと顔を輝かせて、グラジオの手を取った。

「ああっ、やっぱり……グラジオ様なのですね！　よろしくお願いします！　わたし、どうしたらよいのかわからなくて……助けていただいて助かりました」

「気にすることはない。当然のことだ」

二人の邂逅《かいこう》を、なぜかサイラス様がニコニコして眺めていた。

サイラス様と目が合うとバチッとウインクされる。

（なんのウインク⁇　……というか）

また、サイラス様とヒロインのフラグを奪ってしまった……。

本当はここでサイラス様がジニアを助けて、キュンとなるイベントだったのに！　グラジオが助けに入ってしまった。

「お話はかねがね伺《うかが》っておりました。アルメリア様のために、異例の早さで騎士学校を卒業されたとか……」

「ああ。たいしたことはない、本当はもっと早く卒業を目指していたくらいだ」

「アルメリア様との逸話《いつわ》の数々はお聞きしておりましたが、お優しい方でもあるんですね！　わたし、ますます応援したくなりました」

「困っている女性がいれば助けるようにと常々姉に言われていただけだ。優しいというなら俺ではなくて姉さんだよ」

つぶらな瞳をキラキラさせながら話すジニアに笑みをこぼしながら対応するグラジオ。

なんというか、実に絵になる。

（もしかしたら、今のこのグラジオなら、ゲームヒロインと結ばれる未来があるかもしれない……）

ふと、こんなことを思ってしまう。

前世にゲームファンが描《か》いた二次創作で、そういうものがあったなあと思い出す。いわゆるif世界の想像、って感じで、その作品中ではトラブルも起きず、平和な世界だった。

（ゲーム中のグラジオは、無理やり引き取られた公爵《こうしゃく》家という閉じた劣悪《れつあく》な環境の中で出会ったきれいなお姉さんに恋慕することで心の拠《よ》り所《どころ》を作っていただけ……。では、どうして今のグラジオも義姉アルメリアを好きになった？）

改めて、考えてみる。

（……今のグラジオだって……誰も頼《たよ》れない環境で手を差《さ》し伸《の》べてきた姉である私に対する信頼《しんらい》感を、恋愛感情だと思い込んでしまっただけだわ。グラジオには私しかいなかった。それだけ。やっぱり、グラジオにはもっとちゃんと『そうじゃない』ってわかってもらわないと）

グラジオは闇の魔力《まりょく》の適性が高い。それゆえに、悪魔の封印を解いてしまい、悪魔に利用されてしまった。瘴気を祓い、闇の力を抑制《よくせい》できるヒロインと、自然な形で惹《ひ》かれあって結ばれるのがいちばんいい形なのでは——と物思いに耽《ふけ》る。

ゲーム中でも、グラジオとヒロインの思わせぶりな描写《びょうしゃ》はあったから、今の卑屈ではなくなったグラジオなら……。

「──姉さん？」

「えっあ、なに？」

「ぼうっとしていたが、どうかしたのか？　そろそろ帰ろう」

「そ、そうね。じゃあ、サイラス様、ジニア、また」

「ああ、いつでもおいで。今日はクーゲルがすまなかったね」

「アルメリア様、グラジオ様、さようなら！」

　手を振って、二人と別れる。

「姉さん、俺が彼女を助けたのは嬉しくなかった？」

　グラジオが上背をかがめて、私に目線をあわせて窺う。

「えっ、そ、そんなわけないじゃない！　あの場面でサッと動けるなんて、立派になったなあと思ったわ！」

「なんだか浮かない顔をしていたから……」

「ごめんなさい、ちょっと今、心配事があって……」

　あの日出会った神父からもらったネックレスをぎゅっと握りしめながら答える。グラジオはまだ怪訝な表情をしていた。

（なんで私、こんなふうにずっと悩んだままなんだろう。もう悩む必要もないことのはずなのに……）

神父に話を聞いてもらって、今後の方針は改めて固まったはずなのに。この胸のモヤモヤはなんなのだろうか。


「アルメリア様、本日のご予定はいかがなさいますか？」

「そうね……。最近ちょっと疲れているからゆっくりしたいかも」

朝、なかなかベッドから起き上がれない私にマルテが声をかける。ここ最近、悩むことが多くて、なんだかどっと疲れてしまった。

「そうですね。グラジオ様のアレコレに、瘴気事件、それに例の特産品モリモリドレスのデザインと試着対応と色々ありましたからね」

「まさか、十年経《た》ってもブームが続いているとは思わなかったわ……」

そう、私がかつてサイラス様から「ないわー」してもらうためだけに行《おこな》った流行のもの全部盛りゴテゴテモリモリコーデ。それがまさかの各地方からの好評を得て、この国の最先端《さいせんたん》のデザインとなり、今もなお支持が続いているというとんでもないことが起きていた。

「まあちょっとだけなら」と軽い気持ちで引き受けた広告塔《こうこくとう》。十年後も継続《けいぞく》的に仕事の依《い》頼《らい》があるとは、全く予想だにしていなかった。

「荷が重い……正直辞《や》めたい……けど、地方再生と応援はしたいから辞められないジレンマ……っ」

「私にはアルメリア様の葛藤《かっとう》がよくわかりませんが、ご苦労されていることはわかります。三年くらい前に第一線からは退く宣言をされてよかったですね」

「そうね。でもなんだかんだで表舞台《おもてぶたい》に引っ張ってこられるのよね……」

「スピアー家を継《つ》ぐグラジオ様からの求婚も断り、王太子殿下の婚約も解消する、となったときに第二の人生が始めやすくてよろしいじゃないですか」

「……そうね、手に職は……大事だわ……」

マルテの言葉には一理ある。もしもグラジオの求婚をこのまま蹴《け》って、私が家を出ていく選択をした場合に、スピアー家の財産をちょっと分けてもらうだけでも生活はできるだろうけど、なんにもしないで一日を過ごしてばかりの隠居《いんきょ》生活になるのはもったいない。

それにしてもデザイナー&プロデューサー人生になるのは前世から考えると想像がつかなすぎるけど、今みたいな片手間じゃなくて本腰《ほんごし》を入れたらそれはそれで楽しいかもしれない。

「では、本日は休日ということで。この間はグラジオ様とおでかけされていましたが、残念ながらグラジオ様は本日は出勤日ですね」

「ええ。最近は瘴気事件のせいで忙しくって、なかなかお休みの日もないみたい」

「こうなる前にもっと一緒におでかけしておけばよかった……」

「――とは別に思ってないから」

勝手にアテレコしてくるマルテに突っ込みをいれる。マルテはクールビューティだけど、ちょっぴりお茶目さんだ。そういうところが好きだけど。

(マルテも私が根負けしてグラジオと結ばれちゃうって思ってるんだろうな……)

マルテの言葉の節々からそんな雰囲気をひしひしと感じている。

恥ずかしいというか、悔《くや》しいというか、なんだか複雑な気分になる。本当に私たち二人が結ばれることになったら、マルテにどんな顔をされるだろうか。

(……そういう意味でも、グラジオの求婚からは逃げ切りたいわね……)

ものすっごい面白がってる顔をしたマルテが頭に浮かんで、一層複雑な気持ちになった。

さて、そんなわけで、今日はゆっくり過ごすことに決めた。

久しぶりに一人で王都散策でもしようと、馬車に乗ってでかけた。ひとしきりショッピングを楽しみ、帰りに以前グラジオと行った王都のカフェにでも寄ろうかと王都の中心街を歩いていく。

楽しみで、鼻歌交じりに歩いていたのだが、先ゆく道に金髪の背の高い騎士がいることに気がつく。細身だが均整のとれた体つきで、遠目でもハッキリとした目鼻立ち――。騎士として街を警備して回るグラジオだ。

「！」

声をかけたり、気にせず平然としていればいいものの、なぜか私は反射的に路地裏に身を隠《かく》してしまった。

物陰《ものかげ》に身を潜《ひそ》めながら、グラジオをそっと眺める。

グラジオはゲームでは騎士になんてなっていなかったので、余計に立派な姿を見て感慨深くなる。正直、あんまりにも立派で格好よく見えたので咄嗟に隠れてしまった。

前にも訓練場で訓練に励《はげ》むグラジオを見たことはあったけど、こうして騎士服を着て堂々と歩いているところを見るのは初めてだから、なんだかついドキドキしてしまった。

（グラジオは変わった、けれど、ゲームのシナリオ通りになっている現状を見ると、もしかしたらグラジオだってゲーム通りに闇堕ちしてしまう可能性もあるかもしれない）

そんなことにはならないはず、と思いながら、どうしても「もしかしたら」が過《よぎ》ってしまう。

たまたまかもしれないけれど、瘴気の発生とグラジオが卑屈になって落ち込むタイミングが被《かぶ》ってるのが、どうしても気になった。

「……？」

ふと違和感を覚えて顔をあげる。潜んでいた路地裏に黒いモヤが漂《ただよ》い始めていた。

気づいてから、モヤの侵食《しんしょく》はあっという間だった。これは、と思っているうちに、モヤの中から魔物が飛び出してくる。……瘴気だ。

「えっ、うそ」

黒いモヤはあっという間に路地裏を飛び出し、大きな路地まで広がっていった。唖然としていると、瘴気の中からウサギに似た姿形の魔物が飛び出してきて、胸元《むなもと》めがけて突進《とっしん》してくる。

「……！」

慌てて体を捻ってかわそうとしたが、少しかすってしまい、神父からもらったネックレスの紐《ひも》がちぎれて地面に落ちてしまう。

対魔物の訓練は受けていないが、対人での魔法の使い方は訓練している。アルメリア《私》はグラジオと同じく闇魔法に適性があって、潤沢《じゅんたく》な魔力を有していた。

（小型の魔物……ウサギ型の魔物は、ゲーム通りならわりと雑魚《ざこ》。このくらいなら私でも……）

手のひらに意識を集中させ、闇の魔力を練る。頭にツノが生えたウサギ型の魔物は再び私に向かって突進しようと駆け出してきていた。

向かってくるところに魔力を練り上げた光球を投げつけ、これを返り討《う》ちする。

しかし、瘴気は際限なく広がっていき、そして魔物も瘴気の中からどんどん現れてくる。

（路地裏はだめ、ここで囲まれたら避けきれない……！）

　囲まれる前に、と路地裏から拓《ひら》けた路地へと逃げる。すると、王都の住人たちが魔物に襲《おそ》われている姿を目の当《ま》たり《あ》にした。

（……！）

　助けないと。でも、実践経験《じっせん》に乏《とぼ》しい自分がどこまでできるか――。

　だが、迷っている暇《ひま》はない。泣いている小さな子どもがすぐそこにいた。泣き声につられてか、魔物がその子に集まってきている。

　子どもを庇《かば》うために前に出て、闇魔法で何匹《びき》かは倒すが、数が多くてすぐにまた囲まれてしまう。

「……っ」

　地上の魔物に気を取られていると、上空から滑空《かっくう》してくる空を飛ぶ魔物に気づくのが遅《おく》れた。避けるのも、倒すのも間に合わない。せめてと覆《おお》い被さって子どもだけでも守ろうとするが――。

　いつまでたっても、鳥型の魔物の爪《つめ》もくちばしも届く気配がなかった。

「姉さん！　大丈夫か⁉」

「あ……グッ、グラジオ！」

　恐る恐る目を開けると、そこにいたのはグラジオだった。魔物の返り血で汚《よご》れたマントを翻《ひるがえ》し、うずくまるわたしたちを見下ろしていた。

「待って、グラジオ、後ろ――」

グラジオの背後に迫《せま》る魔物を知らせると、グラジオは私に指摘《してき》される前から気づいていたのか、すぐさまに振り向き、魔物の頭を踏みつけて怯ませると、闇魔法をぶつけて魔物を四散させた。

その後も、断続的に魔物がこちらを襲ってくる。グラジオは私たちの前に立ち、次々に魔物を倒していく。

(……あれ)

そのうち、私はグラジオの動きに違和感《いわかん》を覚えた。グラジオは必ず、魔物を殴《なぐ》るかけるかして怯ませて、闇魔法で倒していた。その腰《こし》につけた剣で首を切り落としてしまえばすむのに。

(もしかして、私がいるから……)

私が刃物が苦手だから、剣を使わないようにしてくれている?

(たまたま? 攻撃《こうげき》力は闇魔法のほうが、強いだろうけど……)

「グラジオ――」

「姉さんは後ろに下がっていて」

私に気を遣っているなら、今はそんなときじゃないから剣を使って、と言おうとしたけれど、グラジオに強く言われて、引き下がる。

しばらくすると、魔物の波は落ち着きを見せ、私と子どもの周りには魔物の姿は見えなくなった。

「うえええええん！」

「ごめんなさいね、怖かったでしょう」

状況が落ち着いてきたら、ホッとしたのか再び泣き出した子どもの頭をよしよしと撫でる。

「カイト！　大丈夫⁉」

「ママぁっ」

そんな泣きじゃくる子どものもとに、母親らしき人物がワッと駆け寄ってくる。

騎士服のグラジオを見つけると、涙《なみだ》ながらに母親はグラジオを拝むように頭を下げた。

「ああ、騎士様……ありがとうございます」

「感謝ならそこの美しい女性に。俺が来るまでその子を守っていたのは彼女だ」

「！　な、なんと、うう、ありがとうございます……」

「いえ、私はそんな……」

最初襲われているところに駆け付《つ》けたのは私だけど、それからずっと、最後まで助けてくれたのはグラジオだ。しきりに頭を下げて感謝してくれる母親に恐縮する。

　グラジオは穏やかな微笑みを浮かべると、私と彼女の背をそっと押して避難《ひなん》を促した。

「まもなく警備隊と聖女たちがやってくるはずです。俺は他にも襲われている市民がいないか見回ってきます。……姉さんも、なるべく身を潜めて隠れていて」

「え、ええ。グラジオ、気をつけて」

「俺は大丈夫。……ありがとう」

　言うなりグラジオはすぐに駆け出して悲鳴が聞こえる方角に向かっていった。

　この地区を巡回《じゅんかい》していた騎士はグラジオ以外にも数名いたようで、その数名で救助済みの市民を一箇所《かしょ》に集め、私たちを魔物から守るようにしてくれた。

（グラジオ……）

　遠目に、魔物と応戦するグラジオが見えた。

　グラジオは剣と魔法を器用に使いこなし、あっという間に魔物を倒していく。

　その姿を見て、私は先ほどの疑惑に確信を覚えた。

（グラジオ、私がいたから剣は使わないようにしてくれていたんだ）

　どう見ても、剣を使いながらのほうが効率よく戦えている。申し訳ない気持ちと、こんな時でも私を労《いた》わろうとしてくれるグラジオの優しさに胸がじんとなる気持ちが同時に湧いてくる。

　グラジオをはじめとする騎士団は、苦戦している様子はなく、順調に魔物をやっつけていくが、いかんせん魔物の数が多い。なにしろ、瘴気がある限り無限に湧いてくるのだから。

グラジオ自身にはまだ余裕《よゆう》がありそうだが、キリがない——硬直している現場に、物々しい馬の蹄《ひづめ》の音が響いてきた。

警備隊たちがやってきたのだ。

「……グラジオさん！　お待たせしました！」

よく通るきれいな声。ジニアだ。

王宮で用意された聖女の装束《しょうぞく》を着ている。彼女は勇ましく眉をあげ、魔物に対峙《たいじ》すると、両手を掲《かか》げ、光の球を作り上げた。

聖女の力は『光魔法』だという。光球の大きさに比例して、周囲は白く明るい光に包まれていく。まばゆい光があたり一面を覆うと、魔物はすっかり動きを停止してしまっていた。

（すごい……）

「はあっ！」

ジニアが掲げた光球を、勢いよく振り下ろす。すると、魔物だけが一斉《いっせい》に弾《はじ》け飛ぶように四散した。

「ジニア！　瘴気のもとはこっちだ！」

サイラス様も一緒に来ていたのだろう。路地裏から顔を出し、ジニアを手招きする。あそこは……さっきまで私がグラジオから隠れようと身を潜めていた路地裏だ。

ジニアはサイラス様のもとまで走っていき、それからしばらくして、わあああああと歓声が上がったことから、彼女が無事瘴気を祓ったのだということを知る。

「……姉さん！　無事だったか⁉」

ホッとしたその瞬間、グラジオが駆け寄ってきた。返事をしようとしたところで、ぎゅうと抱きしめられる。

「大丈夫か？　どこにも怪我《けが》はないか？　不安だったろう」

「グッ、グラジオ、大丈夫よ！　そんなに心配しないで……」

あまりにも心配するからあやそうと思って、抱き返そうと腕を伸ばすが、グラジオの背に手が回りきらず、驚愕《きょうがく》する。

（え？　グラジオってこんなに大きかったっけ？）

いつの間にこんなに大きな身体になったんだろう。

とっくに自分よりも大きくなっていることはわかっていたはずなのに、なぜだか急にグラジオの大きさをまざまざと感じてしまう。

あれ？　と思って、グラジオの顔を見上げる。……そういえば、いつから自分はグラジオを見上げるようになったんだろう？

（グラジオって、こんなに大人の顔をしていたっけ？）

もう、大人。もう立派な青年じゃないかと驚いてしまう。

「……そんなに目を丸くして。もう大丈夫だ、ジニアが瘴気も消し去ってくれた。これ以上魔物が出てくることはない」

「あ……う、うん」

驚いているのは、そこではないのだけど、ドキドキして頭が回らなくて、うまく弁明できずにそのまま頷いてしまう。

「ごめん姉さん。俺、負傷した人がいないか確認して回らないと。それに瘴気は消えたけど、とりこぼした魔物がいるかもしれない。行ってくる」

「えっ、ええ、頑張って！」

まだドキドキしながら、グラジオの背中を見送る。その後ろ姿は責任感に溢《あふ》れていた。

細く息をつく。グラジオの背中が眩《まぼゆ》く見えていた。いつまでもドキドキがおさまらない。

（いつも姉さん姉さんと私のことばかり追いかけていたと思っていたけれど、グラジオはちゃんと外に目を向けていて、他人のために行動できる人間になっていたのね）

グラジオの成長を実感する。

（……私、もしかして）

私の方こそ、ずっとグラジオを子どもだと思い込んでいて、彼をまともに見ていなかったのではないか。

グラジオの想いを、勝手に母親や姉に抱く感情を恋愛だと思い込んだまま大きくなってしまっただけと決めつけていたのではないかと、ハッとする。

（ううん、もしかしたら、私、そう思い込もうとしていたのかもしれない）

グラジオの成長を見ないようにしていたのかもしれない。

気付いてしまえば、義弟である彼のことを異性として意識してしまうから。

（ごめんなさい、グラジオ）

姉だから、弟だから、と思って、グラジオの想いにも自分の気持ちにも気付かないようにしていた。今、こうして、グラジオの成長を目の当たりにして、ようやく彼はとっくに青年になっているのだと気付いた。

（……ダメね、私）

なんだかんだ、グラジオの一番は自分だという慢心《まんしん》めいた思い込みがあったのかもしれない。

だが、見ての通りだ。この状況で、グラジオが優先しているのは私じゃなくて、市民たちだ。彼いわく、騎士学校に入学したのは私といちはやく結婚するためだそうだけど、グラジオは騎士としての職務をちゃんと果たそうとしている。

グラジオの意識は、とっくに姉の私以外にも向いていた。外の社会と繋《つな》がる意思と、社会で果たすべき責任感がちゃんと育っていた。

（……なんだ、私、教育の失敗なんてしてないじゃない）

そもそも、成功だ失敗だなんて言い出すのもおこがましかった。グラジオはちゃんと自分で考えて、行動できる立派な一人の人間なのに。

はー、と深く深呼吸して、その場にへたり込んで脱力する。

思い切り脱力し切ってから、私はパァンと両頬《りょうほお》を叩《たた》いた。

（ゲームの強制力なんて関係ない！　こんな立派に育ったグラジオが瘴気を起こすわけがない！　他に瘴気を生み出している誰かがいるんだ！）

今日の瘴気だって、別にグラジオは落ち込んでもなんでもなかった。それどころか、騎士団として真面目に働いていた。

今までグラジオが落ち込むのと瘴気の発生が連動していたのは、単なる偶然に他ならなかった。グラジオの気持ちに応えられない言い訳に、グラジオに好かれたままではゲームの強制力が働いてしまうかもしれないと思い込んでいただけだ。

絶対に、真犯人を見つけ出さなくちゃ！

今は、グラジオとの関係に悩むのは一旦《いったん》やめて、王都の瘴気問題を解決させよう！

五章　解決、そして

（ゲーム中でグラジオが王都で瘴気《しょうき》を生み出していた目的は『魔族《まぞく》を復活させて世界を壊《こわ》すため』だった）

たまたまグラジオが封印《ふういん》を解いてしまった悪魔《あくま》が、瘴気を満たすことで悪魔よりさらに上位の存在である魔族をこの世界に呼ぶことができる、とグラジオを唆《そそのか》したらしい。

もしかしたら、グラジオの役割を代わりに担《にな》うことになってしまった『誰《だれ》か』がいるのかもしれない。

瘴気を起こしているのはグラジオではない。そう確信を覚えた私は、一刻も早く真犯人を見つけ出そうと急いでいた。

今日、私はサイラス様、ジニアとも協力して王宮の会議室を借りて、三人で検討会をする運びになっていた。

先日、私とグラジオが遭遇《そうぐう》した瘴気事件は今までよりも規模が大きいものだったらしく、二人も「そろそろ受け身でいる時期ではない」と決意を新たにしているようだった。

市民たちにも、一人での外出は控《ひか》えるように、なるべく外出の機会は減らすようにとお達しを出したらしい。

ゲーム本編で言えば、中盤《ちゅうばん》くらいの時期である。ここから雰囲気《ふんいき》の軽い恋愛《れんあい》イベントは少なくなってきて、代わりに物語の中核《ちゅうかく》を担うシリアスなメインストーリーの展開が一気に進行していく。

（うう……私、本来なら二人の間に起こってたであろうイベント奪《うば》い続けてるからなあ……）

ちゃんとサイラス様ルートに乗っていれば、二人はすでに告白イベントを通過しているはずだが……告白イベントの時に二人が互《たが》いの指にはめたペアリングがないところを見ると、この二人に告白イベントは発生していない。

そういえば、クーゲルはこないだジニアを前にして真っ赤になって口ごもりながら「この間は勝手な思い込みで詰《つ》め寄《よ》って悪かった」と謝るイベントが発生していたから無事に好感度が『好き』に到達《とうたつ》しているようだった。

クーゲルの好感度の上がりやすさはこの謝罪イベントが起こりやすいように配慮《はいりょ》して設定されている一面もあるだろう。プレイヤーからの印象が悪くなりすぎないようにと。

……そもそも、ジニアに序盤《じょばん》で詰め寄るのはモブにやらせればよかったのでは？　とも思うが、おかげで誤解を乗《の》り越《こ》えて歩み寄るロマンス要素にもなっているので、一長一短というやつだろう。

(このジニアはクーゲルルートになるのかな……ジニアの方はそこまで脈あるようには見えないけど……他のキャラはどうしてるんだろう……)

他に三人ほど攻略《こうりゃく》対象キャラがいたのだが、私はあまり会う機会がないのでよくわからない。

さりげなく、サイラス様にもジニアにも、二人ともお互いのことをどう思っているかを聞いたことはあるのだが、どうも二人はお互いのことよりもアルメリアとグラジオの義《ぎ》姉弟《きょうだい》関係のほうが気になるらしい。本来とは別ベクトルで仲良くなっている。良好な関係を築けているのなら、まあいいのだが。

それはさておき。

「サイラス様、今まで瘴気が発生した場所はまとめていただけましたか?」

「ああ、君から連絡《れんらく》をもらってすぐに。今、地図を広げるね」

サイラス様は会議室の長机に大きな地図を広げる。王都全体を記した地図だ。地図にはすでに赤いペンで瘴気が発生した場所に印がつけられていた。

「見たところ、これだけでは規則性は推測できないが……」

「……」

丸い印とともに発生順ごとに数字が振《ふ》られているのを確認《かくにん》する。

（やっぱり、ゲームと同じ発生順だわ）

そして、これは実は強力な魔族を封印するために王都全体に施《ほどこ》された魔法陣《まほうじん》の跡《あと》をなぞっているのだ。規則性がなく、ランダムに発生しているように見えるが、順番通りになぞると、魔法陣の形が浮《う》き上《あ》がる。

「サイラス様、この地図に書き込みをしても構いませんか？」

「ああ、もちろん。何か思いついたかい？」

ペンをお借りして、サラサラと書き込んでいく。

（たしか……こういう形……）

何度も周回したから、王都のどこにどの順番で瘴気が発生するかはバッチリ覚えている。間違《まちが》いないはずだ。

「アルメリア様、これは？」

「おそらく、これから先瘴気が出てくる場所です」

「……この形、何かの図式か……？」

「ええ。我《や》が家は闇《やみ》の魔術《まじゅつ》に才を持つものが多く生まれてきました。先祖が残した手記にこういった魔法陣……という、魔物《まもの》や悪魔、魔族といったものが棲《す》む魔界《まかい》と現世を繋《つな》ぐために使われる図式があると記されているのを見たことがあります。いままでの発生箇所《かしょ》を眺《なが》めて見て、ピンときました」

ちなみに、先祖が～のくだりはデタラメである。まさか、ゲームでやってたから知っているなんて言えるわけはないし、少しでも信憑性《しんぴょうせい》を上げるためにハッタリを打つことにした。

「魔法陣、と呼ばれるものの話は聞いたことがあるな。なるほど、この図式は魔界と王都をつなげるためのものなのか……」

「ええ。魔法陣には色々な図式があるそうですが、これはかなりの大規模かつ複雑な図式のようです。きっと、王都全てを呑《の》み込み、この魔法陣が完成してしまえば魔物だけでなく悪魔、あるいは魔族までもが現れてしまうかも……」

「……決められた場所ごとに瘴気を発生させることによって、魔法陣の形をなぞっている、ということ……ですか？」

おずおずとジニアが確認する。頷《うなず》くと、彼女はいつになく険しく眉《まゆ》を引《ひ》き締《し》めた。

「魔法陣の形から推測して、これから瘴気が発生するであろうポイントを地図に書き記しました。サイラス様、ここに衛兵や騎士《きし》たちを常時配置して監視《かんし》体制を整えることはできますか？」

「ああ。そうしよう、すぐに父上や宰相殿《さいしょうどの》に進言して手配してもらう」

サイラス様は私を疑うことなく、真面目な顔で頷いてくれた。

「必ず瘴気が生まれてくるきっかけがあるはずです。あるいは、犯人が現場に現れるかもしれない」

「はい……！　わたしも、いつでも出動できるようにします！　こまめに寝《ね》てこまめに起きます！」

「ちゃんと起こしてあげるから夜はしっかり寝なさい、身体《からだ》に悪いよ」

「はい」

気合を入れるジニアをサイラス様が嗜《たしな》める。見ていて微笑《ほほえ》ましい。

恋愛って感じではないけれど、二人は着実に信頼《しんらい》関係を積み重ねてきているようだ。


そして、私の読み通り……というかゲーム通りに、瘴気は順番に発生していった。

現場で警戒《けいかい》していた衛兵たちの証言からある事実が確認される。

――瘴気が湧《わ》き出《で》るスポットには必ず、私が以前に教会の神父からもらったものと同様のネックレスをつけている人がいたのだった。

「……怪《あや》しいわね」

私の呟《つぶや》きに、サイラス様が同意を示す。

「特に怪しい挙動をしている人物、というのはいなかったよ。常に現場にいる特定の人物、というのもいない。だが、このネックレスだけは共通していた」

「私も以前巻き込まれたときに、そのネックレスをつけていました。……もしかしたら」

呟くと、サイラス様が勢いよく私を振り向く。

「アルメリアも同じものを持っていた？　どこで手に入れた？　どこの店だ」

サイラス様が珍《めずら》しく鋭《するど》い声で私に聞いてくる。

フワフワと摑《つか》みどころがないように見えて、その実、誰よりも真面目に国のことを考えている人だ。瘴気問題は彼にとってなんとしてでもいち早く解決したいことなのだろう。

「商人から買ったものではありません。王都はずれの教会の神父がくださったんです。……ここで会ったのも何かの縁《えん》だと言って」

「なるほど、では、現段階で一番怪しいのはその神父だな」

サイラス様は顎《あご》に手をやり、眉間《みけん》に険しいしわを寄せた。

「一度、話を聞く必要があるだろう。アルメリア。場所を教えてくれるかい？」

「ええ、私も一緒《いっしょ》に参ります」

言うと、サイラス様は目を丸くする。

「それは助かるけど……危ないんじゃない？」

「大丈夫《だいじょうぶ》ですよ、私も護身術は心得ております。見たところ、神父は細身の中年で武《ぶ》に秀《ひい》でている様子もありませんでしたし……神父以外に他の誰かがいる気配もなかったですから」

「……そうだな……」

サイラス様は片眉《かたまゆ》を寄せ、なにやら考え込んでいる様子だった。

「グラジオには言わないでいいのかい？」

「グラジオにはグラジオの仕事があるじゃないですか。聖女のジニアとサイラス様と、王宮の兵士たちもつけていただけるなら、特に問題ないかと」

瘴気への警戒体制を取っているため、王都騎士団は常に人手不足のオーバーワーク気味の状態になっている。騎士団に所属している一員として、仕事を全うしているグラジオに負担はかけたくない。

（他にも、私の……個人的な理由で言いたくないのもあるけれど……）

それはできれば伏《ふ》せておきたい。そう思ったのだが、サイラス様は怪訝《けげん》そうに追及《ついきゅう》してくるのだった。

「もちろん、君を危ない目に遭《あ》わせないように我々は全力を尽《つ》くすけど、一言教えてあげてもいいんじゃない？　別に彼を連れて行かなくても、これから何をするかくらい」

「それは……」

少し躊躇《ちゅうちょ》してから、口を開く。

「私、グラジオのことを疑っていたんです」

「ええ⁉　グラジオさんを？」

すっとんきょうな声をあげたのはジニアだった。元々丸っこい目をさらに丸くして私を見る。

ジニアからしたら、あんなに立派になったグラジオを見て、まさか悪さをする人間には到底《とうてい》思えないのだろう。くわえて、ジニアは私とグラジオは秘められた禁断の恋仲《こいなか》にあると思い込んでいる。『弟、しかも恋人《こいびと》を疑うなんて』という驚《おどろ》きがハラハラとした眼差《まなざ》しからありありと伝わってくる。

「グラジオは……立派になった今では考えられないですが、元々は卑屈《ひくつ》な性質で、気持ちが落ち込みやすい子なんです。魔界と親和性の高い闇の魔力《まりょく》を持っていますし、一連の事件に関わっている可能性がもしかしたらあるかもしれない……と」

「なるほどね」

サイラス様が目を細めて頷く。私は話を続けた。

「でもグラジオがそんなことをしているわけがない。少しでも疑った罪悪感を晴らすためにも、真犯人を私自身の手で見つけたいんです」

「君の気持ちはわかったよ、今回はそれを尊重しよう。……でも、あんまり無茶なことはしないでくれよ？　グラジオに恨《うら》まれてしまうからね」

いつもの食えない微笑みを浮かべて、サイラス様は少し飄々《ひょうひょう》として言った。

「もちろん！　ごめんなさい、サイラス様。私のわがままで」

「いいや、構わないよ。僕としてもこの瘴気事件は一刻も早く解決させたい。そうしないことには君と僕の婚約《こんやく》解消も公表できなくて君とグラジオが結ばれるのも遅《おく》れてしまうから……」

「絶対それは第一番目の理由じゃないですよね!?　一番は国民の安全のためですよね!?」

「ふふ、内緒《ないしょ》だよ。悪いけど僕はなんでも全部教えてあげるほど優《やさ》しい男じゃない。君のかわいい健気《けなげ》な弟とは違《ちが》ってね」

「……ええ……」

サイラス様はばちりとウインクしてみせる。

どこまでが冗談《じょうだん》なのか、本気なのか摑みづらい人だ。根っこの部分は善良なのは間違いないと思うけど。

「今のサイラス様、ちょっとセクシーでしたねえ。ウインクが」

「……そう……？」

ゲームのサイラス様も、恋人になるとヒロインをからかってくるところがちょっとある人だったけど、サイラス様なりの他人への信頼の現れがそうなのかもしれない。

今私の横にいるヒロイン《ジニア》は「わ〜ちょっとセクシー」とか言ってほけほけしてるけど……。やっぱり、このジニアはサイラス様ルートには入ってなさそうだ。

さておき、私、サイラス様、ジニアと王宮の兵士数十人で教会に乗り込むことが決まった。善はいうことで、あの話し合いの後すぐに城を出た。

兵士たちは教会の外で待機してもらい、私たち三人が教会の中に入っていく。

「ご無沙汰《ぶさた》しております、神父様。先日はお話を聞いていただきありがとうございました」

「！　おお、これは、美しいお嬢《じょう》さん。いかがしましたかな、今日はご友人もご一緒で……？」

「ええ、彼女から話を聞きまして。ぜひ、僕たちもあなたにご相談をしたいな、と」

サイラス様はジニアの肩《かた》を抱《だ》きながらにこやかに神父に話す。どうやら、カップルという設定らしい。ジニアもサイラス様に倣《なら》って、ニコッと微笑む。

（これが恋愛イベントに繋がるといいけど……どっちかというとバディ感が強いのよねこの二人……）

しかし、それにしてもサイラス様は非常に演技が上手である。さすが普段《ふだん》から食えない男をしているだけのことはある。私とグラジオのせいで義姉弟ドタバタラブコメおもしろがりお兄さんの顔ばかり見ていたから、ちょっと「おお」と見直すような不思議な気持ちになる。

ジニアは事前に「ジニアはあんまり喋《しゃべ》らないほうがいいね」と言われていたのを忠実に守って、ひたすら微笑みに徹《てっ》している。ジニアは真面目ないい子だけど、予想外のことを言うことがままあるから、演技をするなら喋らせないほうが無難という判断である。

「実は僕たち、近々結婚《けっこん》の予定があるのですが、最近王都で瘴気が出たり、魔物騒動《そうどう》があったりしているでしょう。国からも正式に瘴気に警戒するようにお達しも出てしまって」

「ああ……そうですな、最近は外出を控える方も増えてきて、この教会を訪《おとず》れる人も減っております」

まあ元々あまり人は来なかったのですが、とおどけながら神父は話す。

「このままでは式の予定が延期になりそうで……。彼女の父親が病気で、あまり長くなさそうなのです。なので、少しでも早く、この瘴気問題を解決したくて。なにか、そのような神の奇跡《きせき》をご存知ありませんか？」

「神の奇跡……ですか」

サイラス様の問いに、神父は意味深に黙《だま》り込む。

そして、懐《ふところ》を探《さぐ》ると例のネックレスを取り出してサイラス様に差し出した。

「私はまだ未熟な身。瘴気を祓《はら》う奇跡は起こせませんが、神の加護が宿ったこのアクセサリーをお渡《わた》しいたしましょう。きっとあなたの身を守ってくれるはずです」

「これは見事なネックレスですね」

サイラス様はそれをにこやかに受け取る。

そして、美しい碧眼《へきがん》をスッと細めて神父を見つめた。

「僕はいままで瘴気が出てきたという場所を調べてきていましてね。どうも、瘴気が出た場所には必ずこのネックレスが壊れた状態で落ちていたそうです。……神父、なにかご存知ないですか？」

「なんと、では、きっとそのネックレスは役目を果たしたのですね。持ち主の身代わりになったのでしょう。お嬢さんもそうでしょう？」

「あなたは今こうして無事ではないですか」と神父は微笑んで私の顔を見上げる。シィンと静寂《せいじゃく》と緊張《きんちょう》感が教会内に染《し》み渡る。

「神父よ、あなたはこのネックレスを利用して、瘴気を生み出している。違いますか」

サイラス様は一気に核心《かくしん》に迫《せま》った。

神父は、無言のまま微笑み続ける。

「ジニア」

「はっ、はい」

サイラス様がジニアにネックレスを手渡《てわた》す。ネックレスが触《ふ》れた瞬間《しゅんかん》、ジニアの手が眩《まばゆ》く輝《かがや》き、バチィッと火花が散るような音と光を立て、ネックレスは四散した。

「こ、これ、間違いありません。悪魔の力が込《こ》められた装飾《そうしょく》品です！」

教会内にジニアの大きな声が響《ひび》き渡る。

「……ふん、『聖女』か……」

神父は途端《とたん》に顔を歪《ゆが》ませ、舌打ちした。

「……もう、黒幕は明らかだ。彼を捕縛《ほばく》するぞ！」

言うなり、サイラス様が懐に忍ばせていた爆竹《ばくちく》を鳴らす。これが兵士突入《とつにゅう》の合図だった。

瘴気事件の首謀《しゅぼう》者である神父を確保せんと兵士たちは神父をぐるりと囲む。

囲まれた神父は「ああ……」とか細い声をあげると、がっくりと肩を落とした。兵士に身体を拘束《こうそく》された神父に、サイラス様が問いかける。

「なぜこのようなことを？」

「この国を滅《ほろ》ぼすために決まっとるだろ」

サイラス様の問いに、神父はため息交じりに答えた。

拘束され、諦《あきら》めてしまったのか、思いのほか神父は素直《すなお》に話す。

「国を滅ぼすため……？」

「いい身なりをしているアンタらにはわからんか。毎日食うものにも困って、雨が降るたび死ぬ思いをしている人間だっているんだよ」

「……」

小さく息を呑んだのはジニアだった。平民生まれである彼女には、神父が語る過ごし方に思い当たる節があるのだろう。サイラス様はわずかに眉根《まゆね》を寄せて、厳しく神父を見つめていた。

「生きるための金をやる、いい思いをしているやつらに報復できる力をくれてやると言われたら、そりゃあ乗るだろう！」

唾《つば》を吐《は》きながら、大声で吐露《とろ》するように、神父は叫《さけ》ぶ。その眼《め》には涙《なみだ》すら滲《にじ》んでいた。

「なんでこんなネックレスなんかを使って……」

神父の叫びとは対照的な静かな声でサイラス様は問いかける。

「オレが怪しまれないようにするためさ、悪魔はオレに力を貸してくれたが自分じゃ動けないらしいからな。オレが捕《つか》まっちまったら計画は終わり。バレないようにするのは当然だろ？」

「それで、教会を訪れた人たちにネックレスを渡して、特定の場所の近くにネックレスを持った人物が訪れたら瘴気が湧き出るように仕組んでいたのね」

かつて、そのネックレスをかけていた首元をなぞりながら言うと、神父はくっと口元を歪ませながら笑った。

「ああ。そのネックレスがポイントにまで近づけば、瘴気の封印が解けるように悪魔のやつが作ったんだ。なかなかよくできているだろう？」

ゲームシナリオだと、グラジオは自分自身で隠密《おんみつ》に動いていたけれど、特に能力を持たない一般人《いっぱんじん》ではなんらかの媒体《ばいたい》を通して暗躍《あんやく》するほうが確かに理に適《かな》っているだろう。

それでも、この方法でもゲームシナリオと同じ順番で瘴気が湧き出るようになっていたのは、これこそゲームの強制力というべきか。

「瘴気の封印……」

サイラス様が男の言葉を小さく繰《く》り返《かえ》す。

「ああ、元々この王都には魔界に通じる大きな穴があったそうだ。それを王都全体を使って強力な封印がかけられた！　この封印の全てを解けば、魔界に通じる穴が再び開いて王都は滅びる……もしかしたら世界も丸ごと滅びるかもって寸法さ！」

なにがおかしいのか、神父は両手を大きく開いてワハハと笑う。

先ほどまで、肩を落としていた様子とはガラッと変わって、神父は狂気《きょうき》じみた笑い声を上げていた。

傍目《はため》で見ていて、ゾッとするほど、異様な笑い声だった。

「……あの人、悪魔に完全に心を乗っ取られています」

「え？」

ぽつりとジニアが呟いた。

「さっきまでは見えなかったんですが、今はくっきり。あの人の後ろに、黒い影《かげ》のようなものが見えています」

ジニアのブラウンの瞳《ひとみ》が、ジッと神父の背後を睨《にら》むように見据《みす》える。

「アレが多分……悪魔なんじゃないかと」

私には見えないけれど、聖女であるジニアがそういうのであれば、そうなのだろう。

神父は悪魔に心を乗っ取られている。

ここで思い出したのは、ゲームのグラジオのことだ。グラジオがどのようにして悪魔と出会ったかは、ゲーム中ではハッキリとは書かれていない。

（ゲームのグラジオも心の弱さを魔族に憑《つ》かれてああなったのかしら。この世界のグラジオは強く育ったから乗っ取ることができなくて、そしてこの人がグラジオの代わりに……。悪魔が主導でこの人を動かすことによって、ゲームシナリオ通りの展開になっていた？）

グラジオでない誰かが悪魔に憑かれて、こうなった。そして、この人が悪魔に憑かれてなくても、別の誰かがもしかしたらそうなっていたのかもしれない。

「わあっ！」

突然《とつぜん》、教会の中に強い風が巻き起こる。閉め切《き》った室内に風が入ってくるわけがない。

神父の身体を乗っ取った悪魔の力によるものだ。

神父の身体を拘束していたはずの兵士は吹《ふ》き飛《と》ばされて、教会に並べられた長椅子《ながいす》に身体を叩《たた》きつけられていた。

「くっ……みんな！　一歩下がって、警戒を怠《おこた》るな！　ジニア、悪魔は祓えるか!!」

「は、はい！　やってみます！」

サイラス様とジニアが前に出る。だが、神父は二人のことには目もくれず、なぜか離《はな》れた位置にいる私にぐりんと目線を寄越《よこ》した。

「え……!?」

「あの時ネックレスを預けた女がいたのは都合がよかった」

にちゃりと不気味な笑《え》みを浮かべる神父と、バチッと目が合った。反射的に背筋がぞくりと凍《こお》る。

「きゃあっ!?」

思わず、叫んだ。

意に反して、なぜだか足が勝手に神父の方に向かっていく。どれだけ身体に力を入れても抗えない。

「アルメリア!?」

サイラス様が引き留めようとこちらに向かうが、間に合わず、神父はガッと片腕《かたうで》で私の首を拘束した。

「一度でもネックレスをつけていたならば、魔力の残滓《ざんし》を頼《たよ》りに悪魔の力が行使できる。どうだ、身体が自由に動かんだろう」

「うそ……!」

まさか、そんな都合のいいことがあるだなんて信じられない。

どうしてあの時、私はこの教会を訪れてしまったのだろう。もらったネックレスを疑いもせずつけてしまったんだろうか。

「この女の命が惜《お》しければ兵士を退けろ！　このままだと、この女を殺すぞ！」

神父が叫ぶ。私は息を呑んだ。

(ナイフ……！)

刃先《はさき》にギザギザのついた歯幅《はば》の大きなナイフを神父は私に突《つ》きつけていた。

最悪だ。ナイフにはトラウマがある。一瞬《いっしゅん》で力が抜《ぬ》けて、全身の血がさあっとつま先に落ちていく感覚がした。

ただ、拘束されているだけならば、闇の魔力を使って、この男を倒《たお》すこともできたはずなのに。

「アルメリア様……っ」

ジニアが手元で光の弾《たま》のようなものを作り、なにかをしようとしている。聖女の力で助けようとしてくれているのか。

「余計なことしたら、すぐ殺すぞ！」

「っ……！」

だけど、神父に怒鳴《どな》られて、ジニアは尻《しり》込みしてしまう。サイラス様は険しい顔で神父を睨むが、動けないでいるようだった。

（ダメ、私のことはいいから……！）

でも、声が出ないし、身体もまったく動かない。

どうすれば、と頭が真っ白になっていると、突如《とつじょ》、頭上からパリィンとガラスの割れる音が響いた。

「はあ――!?」

神父が「まさか」と大声をあげて驚愕《きょうがく》する。教会の窓が割れていた。そして、そこから現れたのは、グラジオだった。

「姉さん！」

「……!?」

グラジオは一切《いっさい》の躊躇なく、光の速さで神父に魔法を放つ。怯《ひる》んだ神父は私の拘束を解いた。

「姉さん！　無事か!?」

その隙を見逃さず、グラジオは神父と私の間に割って入ると、私をぎゅうと抱きしめた。

「ちょ、グラジオ」

「……」

苦しいほど強く抱きしめられた私。腕の中から逃れようとしても、グラジオは離すそぶりを一切見せなかった。頭上から、「はあ」と深く息をつく声が聞こえていた。最後に一層力を強めて抱きしめてから、ようやくグラジオは私を解放した。

「くそっ、てめえ。よくも、ナメやがって」

グラジオに魔法で吹き飛ばされ、床に転がっていた神父がよろよろと立ち上がったようだった。私にはジニアのように悪魔の姿こそ見えないが、いまいち焦点の合わない血走った目を見れば、彼の中に悪魔が宿っていることは、よくわかった。

グラジオはちっと舌打ちする。本来ならば、神父はもう立ち上がれないほどの怪我をしたはずだった。立ち上がることはあり得ない。だがしかし、今は悪魔が彼の身体を無理やり動かしているのだろう。

「オレには、悪魔の力がついてるんだぞ！」

「それがどうした。悪魔がなんだろうが、お前の身体はただの人だろうが」

グラジオは心底見下すように冷たく赤い瞳を細めた。

「……！」

神父の手から、黒いモヤのようなものが湧き出るが、グラジオの闇魔法がそれをかき消す。グラジオは神父に手を広げてみせると、真っ黒いドームのようなものが神父の身体を覆《おお》い、呑みこんでいってしまった。

「あろうことか姉さんを拘束するなど……死んでも許されんな」

「グラジオ、殺すなよ。捕縛するから」

黒い半球に呑まれた神父はかろうじて、顔だけが露出《ろしゅつ》しているようだった。サイラス様に窘《たしな》められたグラジオはチッと舌打ちしつつも、魔法の展開をそこでやめたらしく、衛兵たちが神父を縄で拘束し終えると、黒い半球も消滅《しょうめつ》させた。

「……」

私はその場にへたりこんで、信じられない気持ちでグラジオを見るしかなかった。

目が合うと、グラジオはなんだか眉を顰《ひそ》めながら呆《あき》れたように笑う。

「なんでこんな危ないことをしに行くのに、俺を連れて行かないんだ」

「だ、だって、王宮の兵士たちもいたし……」

まさか、過去にネックレスを持っていたからといって、悪魔の力で身体の自由が奪われるようになってしまうとは想定していなかった。ゲームにはネックレスなんて登場しなかったし、そんな設定なかったし。

「まあ、今回はそれが功を成したからいいものの……」

グラジオは目を細めて、私を見る。ふう、と小さく息をついたようだった。

安堵《あんど》感に溢《あふ》れたその表情を見ると、ついドキリとしてしまう。

「どうして、ここに……」

「王太子殿下《でんか》に聞いた、から、こっそり教会の屋根にひそんでいた」

「ええっ⁉」

慌《あわ》ててサイラス様を振り返る。

サイラス様はいつもの飄々とした様子で特に気にした様子もなく笑顔《えがお》で答えた。

「ごめんごめん、一応、君の手前では君の気持ちを尊重したけれど、でもそれで実際なにかあったら後悔《こうかい》してもしきれないからね。内緒でグラジオには今回の作戦を話しておいたんだ」

「そんな……」

まさか、と信じられない気持ちで目を丸くする。

「言っただろ、別に僕は君にとって優しい男じゃないって。君が僕の好きな女の子だったら別だけどね？」

そのやりとりをした時と同じ、ジニアいわく「ちょっとセクシー」なウインクをして、サイラス様は私に微笑む。

「うっ、食えない男に育ちましたね……」

「おかげさまでね」

まるで私のせいみたいに言うサイラス様。いや、幼少期に私と会ってたから早まっただけでジニアと先に会ってたらジニアに「おもしれー男」にさせられてたはずですからね、と思う。どうあってもあなたは「おもしれー男」になってましたからと。

「姉さんの声が聞こえたから大慌《おおあわ》てで突入したんだ」

「よく聞こえたわね」

「俺が姉さんの声を聞《き》き漏《も》らすとでも？」

当たり前だ、と曇《くも》りなきまなこで私をまっすぐ見るグラジオに恥《は》ずかしくなって、俯《うつむ》きながら「ばか……」と呟いてしまう。

なぜか義弟《ぎてい》がいつも以上にキラキラ眩《まぶ》しく見えていた。

エピローグ

その後は、ジニアが神父に取り憑《つ》いた悪魔《あくま》の思念を祓《はら》い、王都に施《ほどこ》されている魔法陣《まほうじん》の封印《ふういん》をし直して、事件解決。

終わってしまえば、あっけない結末だった。

ジニアの調査によると、どうもちょうど封印が弱まる時期で、悪魔の思念のみが封印の綻《ほころ》びから出てきてしまっていたらしい。

（本来なら王都の瘴気《しょうき》問題が解決したらゲームエンドだけど……）

本編通りながらグラジオが封印を完全に解いてしまっていたから王都はボロボロだったけれど、未然に防げたおかげで、「よかったねえ」とお祝いムードで賑《にぎ》やかな雰囲気《ふんいき》の王都であった。

事後処理についての報告を王宮で聞いていた私。ひと通り終わって、サイラス様、ジニア、グラジオの四人で中庭に出て休憩《きゅうけい》していた。

ガゼボの向かいの椅子《いす》に座るサイラス様とジニアの様子を窺《うかが》うが、二人は良《い》い友人という楽しそうな雰囲気で恋愛《れんあい》エンドにはほど遠いようだった。

（まあでも、そこは無理にゲーム通りをなぞらないといけないことじゃないもんね）

雰囲気的には兄妹《きょうだい》か、よい相棒という距離《きょり》感で二人はニコニコしていた。

……クーゲルが、挙動を見る限り『好き』状態になってたけど、そこはどうなるだろうか。ジニア側からの矢印がなさそうだから……そこもくっつきはしないかな。

ジニアは家もないことだし、今回の活躍《かつやく》をもって、これからは正式に国の聖女として王宮に住まうことになったらしい。

王都の市民からも『聖女』だ、と祝福されたとか。

（ゲームじゃないんだから、エンディングなんてものもないわよね）

なんだかしみじみしてしまう。

「さて。今回の活躍で、ジニアが王宮で暮らしていてもあらぬ噂《うわさ》を立てられることはもうなくなっただろうし……。そろそろちゃんと婚約《こんやく》解消しようか？　アルメリア」

「あ」

ニッコリと笑うサイラス様。そういえば、忘れてた、思い出した。

「そういえばそんな理由でしばらく『婚約解消は公表しない』ってなってましたね？」

「僕としても、どうせ君とは結婚《けっこん》しないし新しい婚約者を見つけるなら早いほうがいいからさ？　これを機に公《おおやけ》にしてもいいと思うんだよね。瘴気事件も解決して国全体がお祝いムードだし……君とグラジオのおかげで元凶《げんきょう》を確保できたからきみたちふたりも揃《そろ》って英雄扱《えいゆうあつか》いだろ？　いいんじゃない？　僕と婚約解消して義弟《ぎてい》との婚約発表」

「さすがにそれは、せめて、婚約解消だけで……！」

「そうだな、俺もこんなついでじゃなくて、姉さんとの婚約はそれだけでみんなから祝福されたい」

私とサイラス様のやりとりに、ヌッと入ってくるグラジオ。

「あはは、わかった。じゃあお祝いパーティーの時は婚約解消だけ発表しようね」

「えっ、いや、ちょっと待っ……」

せめて、婚約解消だけで、とは言ったけど、もう少し、もう少しだけ待ってほしい。

「ではでは、あとは若いお二人で！」

（いやジニアのが若いでしょ！　てかなにそのお決まりの文句！）

けれども、サイラス様もジニアも無情にもどこかへと去っていってしまった。

ポカンとして取り残される私、それからグラジオ。ハッとして口を開く。事態が解決した今だからこそ、言わないといけない。

「あの、グラジオ」

「なんだ、姉さん」

「……きっとあなたって故郷から遠く離《はな》れたところに一人で連れられてきて、それでこの場所で一番近しい存在だった私に安堵感《あんど》を覚えたのを恋《こい》だと思ってしまったのだと……私、思ってたんだけど」

「俺の気持ちの確認《かくにん》をしたいのか？」

うん、と頷《うなず》く。

グラジオの気持ちと、それから、私自身の。

「きっかけはそうだと思う。……正確には、初めて会ったとき、世界にはこんなに美しい人がいるのだと思って」

「う、うん」

それは……原作のゲームがそういう設定なのだものね。グラジオはアルメリアに一目ぼれしている。改まって言われると照れるけど。

「姉さんは俺に根気よく向き合ってくれた。俺は面倒臭《めんどうくさ》いやつだったと思う。……どうしても、自分に自信が持てなくて」

「……うん」

「姉さんが俺によくしてくれたのは、姉さんが『俺の姉』だったから。それはわかっていたけど、俺はその時からずっと姉さんのことは女性としか見れなくて」

「そ、そうなの？」

「そうだよ。姉さんは俺を義弟《おとうと》……いや、子どもとしか思っていなかったろうけど」

グラジオは少しシニカルめに苦笑《くしょう》する。

私は胸が痛みつつも、口を開いた。

「グラジオ、でもね、私は義姉《あね》だったわけだけど、たとえば母親をそういうふうに意識してしまうことが成長の過程であると捉《とら》える考え方もあるの。でも、家族としての関わりを通して、母親は異性として自分のものにはならないと学ぶことで家庭という小さな世界から外の社会、大きな世界に飛び立っていくのだ、という考え方。あなたが私をそう思っていたのはその一過程ではなくて？」

半分、すでに、グラジオの気持ちはわかっていて、それでも私は改めてグラジオに確認する。

「絶対違《ちが》う。俺にとったら姉さんはどうしたって愛せずにはいられない人だ」

「……」

グラジオは私の目をまっすぐ見て答える。

そう、そうだよね、と思う。

「グラジオ、あなたの気持ちはわかった」

「ああ」

「私、あなたが騎士《きし》学校から帰ってきて色々考えたの。あなたが立派に働いているところも見た。あなたは成長してるんだって、知った」

「……俺のこと、一人の男として見られるようになった？」

グラジオがそっと私の頬《ほお》に手を伸《の》ばす。大きくて硬《かた》い手のひら、男の人の手だ。

こうして触《ふ》れられても嫌《いや》じゃない。グラジオがもう立派な青年になっていることはわかっている。それでも、触れられて怖《こわ》いとか嫌とかは全く思わない。

(でもこれは、私が『姉弟《きょうだい》』だと思っているからだわ)

「私は、まだ、グラジオのことを義弟だと思ってる」

正直に今の気持ちを答える。

「ごめんなさい、私、色々言ってきたけど、本当は私のほうがよっぽど弟離《ばな》れできていないのかもしれない」

「姉さんが？」

「最近やっと、そうだったかもしれないって自覚ができて……。でも、その先のことは、正直まだわからない」

グラジオの赤い瞳《ひとみ》は、いっさい揺《ゆ》らぐことなく私を見据《みす》えていて、怖いくらいだった。

「たしかに俺は貴女《あなた》と会ってすぐ、幼いときに貴女に恋したけど、それはなにか別の感情と勘違《かんちが》いしたわけじゃない、絶対に」

グラジオは、私の頬を撫《な》でながら、けっして大きな声を出しているわけではないけれど力強く感じる声音《こわね》で言う。

「それをわかってくれているなら、俺は貴女のことが好きなんだって認めてもらえるなら、今はそれでいい」

　ふと、目を和《やわ》らげて、グラジオは笑う。

「俺はいくらでも待てるよ、姉さんのためならいくらでも苦労もできる」

　その表情が幼いときと同じ笑顔《えがお》にも、知らない大人の男の顔にも見えて、不思議な感覚を覚える。

　胸に熱いものが込《こ》み上《あ》げてきているが、これがなんなのかはよくわからない。

「それに、ドキドキはしてくれているみたいだから」

「えっ」

　ぎゅっと、手を搦《から》め捕られる。グラジオの手は私の手よりもずっと大きくて、骨張っていて、絡めるように手を繋《つな》ぐと、広げられた指の間が少し痛くなるほどだった。

「なっ、な、なに」

「嫌？」

「い、いやじゃない、けど」

「……アルメリア。貴女は俺に、たくさんのことを教えてくれたけど、今度は俺が教えるよ」

　男性の低い声で囁《ささや》かれ、背筋がぞくりとする。

「姉弟はこんなふうに、絡ませるみたいに手は繫がない」

「……」

それはそうだ、こんなふうにグラジオと手を繫ぐのは、初めてだ。

「それなのに、俺にこうされて嫌じゃないなら、姉さんは俺のこと好きだと思う」

ぶわっと頭の中になにかが弾《はじ》けたような感覚を覚える。ドクドクと心臓が音を立てていた。

「や、だ、だって、そりゃ、グラジオのことは好きだけど……」

「俺、姉さんのそんな顔、いままで見たことない」

「そんな顔って……」

「真っ赤になって、目が潤《うる》んで、困ったみたいに俺を見てる顔。俺が姉さんに告白するようになってからしか、見たことない」

「え……」

慌《あわ》てて頰を押さえる。熱い。

「わ、私、そんな顔」

「してる」

「嘘《うそ》でしょ」

「鏡で見せてあげてもいいけど……自分でわかっていないなら、まだ俺だけの秘密にして

おく」

「なにそれ――」

くす、とグラジオは悪戯《いたずら》っぽく笑う。私にわかるのは、顔は真っ赤なんだろうなというくらいである。

「すごいかわいい顔をしているから、姉さん、自分でビックリすると思う」

「……」

そんなに言うのなら、と怖いもの見たさで懐《ふところ》を探《さぐ》って手鏡を出してみようとする。が、その手のひらはグラジオにぐっと引っ張られていってしまった。

「えっ、えっ？」

「――アルメリア、俺と結婚してほしい」

グラジオは改めて求婚《きゅうこん》してきた。私の手を取って口づけをする。

手に触れる、唇《くちびる》の柔《やわ》らかな感触《かんしょく》も、獲物《えもの》を駆《か》る猛禽《もうきん》類のような目つきの赤い眼差《まなざ》しも、現実のものとは思えなくて、放心する。

「……今、返事はとてもできそうにないみたいだけど」

「あっ、あの、その」

思わずへたり込んで、放心している私にグラジオはクスリと微笑《ほほえ》んだ。細められた瞳は妖艶《ようえん》に見えて、背筋がぞくりとする。

「アルメリア、俺はいくらでも待つよ。もっとアルメリアにとって魅力《みりょく》的な男になれるよう努力するし、なんでもする」

「グラジオ……」

名前を呟《つぶや》くしかできない私に、グラジオはもう一度優《やさ》しく微笑んで、私の薬指に唇を落とし、軽く食《は》んだ。そのまま、赤い瞳は上目遣《うわめづか》いに私を見る。

「俺は絶対に貴女を諦《あきら》めないから」

FIN

あとがき

　このたびは『破滅《はめつ》する悪女でしたが、闇堕《やみお》ち義弟《ぎてい》の求婚《きゅうこん》ルートに入ってました』をお手に取っていただきありがとうございます、三崎《みさき》ちさと申します。

ビーズログ文庫様では二作目です。読者としても大好きなレーベルで本を出すご縁《えん》を再びいただけてとっても嬉《うれ》しいです。

　本作は私にとって初めての書き下ろし作品です。とっても緊張《きんちょう》しました。担当さんが大変頼《たの》もしかったです。出版までお導きくださりありがとうございました。

　アルメリアとグラジオはお花から名前をもらっています。アルメリアは『思いやり』『共感』、グラジオ（グラジオラス）は『ひたむきな愛』『情熱的な恋《こい》』の花言葉があるそうで、そういうイメージな二人です。

　私は普段《ふだん》自信満々ドヤ顔をしているイケメンが好きな相手に見せるギャップが大好きで、グラジオもそういうところが見たくて書きました。そして、幼少期自分が仕込んだブーメランで後ろから刺《さ》されるお姉ちゃんってかわいいな、というのがコンセプトな本作です。

幕間《まくあい》で書いたもともとのゲームシナリオでの愛憎《あいぞう》関係な二人も実は結構お気に入りだった

りします。

パラメータ上げのある恋愛《れんあい》シミュレーションゲームが大好きなので、本作の舞台《ぶたい》となったゲームもそういう設定にしました。パラ上げ楽しい。つよつよヒロインを育てるのが好きです。


素敵《すてき》なイラストを描《えが》いてくださった三浦《みうら》ひらく先生、ありがとうございました！　三浦先生のキャラデザやカバーラフを拝見して、アルメリアとグラジオのイメージがビビッと固まった感じがあります。ありがたや……。名前の由来になったお花もカバーイラストに描いてくださいました。嬉しい……

担当さんを始めとした編集部のみな様、そして出版にご尽力《じんりょく》くださいました全てのみな様に感謝申し上げます。

最後までお目通しありがとうございました。

またどこかでお会いできましたら大変嬉しいです！

三崎ちさ

■ご意見、ご感想をお寄せください。
《ファンレターの宛先》
〒102-8177 東京都千代田区富士見2-13-3
株式会社KADOKAWA ビーズログ文庫編集部
三崎ちさ 先生・三浦ひらく 先生

ビーズログ文庫

●お問い合わせ
https://www.kadokawa.co.jp/（「お問い合わせ」へお進みください）
※内容によっては、お答えできない場合があります。
※サポートは日本国内のみとさせていただきます。
※Japanese text only

破滅《はめつ》する悪女《あくじょ》でしたが、闇堕《やみお》ち義弟《ぎてい》の求婚《きゅうこん》ルートに入《はい》ってました

三崎《みさき》ちさ

2025年3月15日 初版発行

発行者 山下直久
発行 株式会社 KADOKAWA
〒102-8177 東京都千代田区富士見2-13-3
（ナビダイヤル）0570-002-301
デザイン 世古口敦志＋丸山えりさ（coil）
印刷所 TOPPANクロレ株式会社
製本所 TOPPANクロレ株式会社

ISBN978-4-04-738344-9 C0193

定価はカバーに表示してあります。

◇◇◇

HAMETSU SURU AKUJO DESHITAGA,
YAMIOCHI GITEI NO KYUKON ROOT
NI HAITTEMASHITA